Para Anita

Contenido

Reconocimientos

Quiero darle las gracias en especial a Anita Dittman que se reunió conmigo en un hotel de Minneapolis y me dejó entrevistarla hora tras hora. Nunca se acobardó al contarme su historia, por dolorosa que fuera. Gracias a Jan Markell que ayudó a Anita a escribir su autobiografía, *Trapped in Hitler's Hell* [Atrapada en el infierno de Hitler]. Muchas veces Anita respondía a mis preguntas diciendo: "Mira en el libro. Jan lo describió con exactitud". Esto es un gran cumplido.

Lisa Abeler, directora del ministerio de mujeres de Camp Lebanon en Upsala, Minnesota, fue la primera en hablarme de Anita y regalarme su autobiografía. Lisa estaba segura de que Anita sería un tema perfecto para un libro de la serie "Hijas de la fe". Tenía razón. Gracias, Lisa.

Y gracias a todos los miembros del equipo: mi editora, Michele Straubel; los otros miembros del equipo editorial y de diseño, Cessandra Dillon y la diseñadora Barbara LeVan Fisher; mi agente y aliada, Janet Kobobel Grant; y mis compañeros de tanto tiempo en SALT que me sirven de críticos.

Glosario

Antisemita: aquel que tiene prejuicios contra los judíos.

Artillería: tiroteo que utiliza armamento pesado.

Atrocidades: torturas y asesinatos brutales.

Auf Wiedersehen: adiós, en alemán.

Barre: una barra colocada a lo largo de una pared a la altura de la cintura utilizada para la práctica del *ballet*.

Bayoneta: lanzas que se colocan al final del fusil.

Contagio: enfermedad que se transmite de una persona a otra.

Corona: moneda de Checoslovaquia.

Cuarentena: aislamiento para quienes padecen una enfermedad contagiosa, con el fin de evitar su propagación.

Danke: gracias, en alemán

Danseur: bailarín de *ballet*.

Der Führer: en alemán, título que se le daba a Hitler; El Líder.

Fauces: puertas que son como quijadas.

Frau: señora, en alemán.

Fräulein: señorita, en alemán.

Gestapo: policía secreta oficial de la Alemania Nazi.

Gott: Dios, en alemán.

Heil: saludo alemán utilizado para Hitler.

Herr: señor, en alemán.

Ja: sí, en alemán.

Jude, Juden: judío, judíos, en alemán.

Juventudes hitlerianas: organización militar de jóvenes que enseñaban las ideas nazis.

Liebling: cariño, en alemán.

Lista negra: lista de la Gestapo en la que se apuntaba a quienes se planeaba arrestar en el futuro.

Marco: moneda alemana.

Mein: mi, en alemán

Migs: aviones de combate.

Mutti: mamá, en alemán.

Nein: no, en alemán.

Oma: abuela, en alemán.

Parroquial: religioso.

Reich: reino, imperio, en alemán.

Sinagoga: casa judía de oración.

Tante: tía, en alemán.

Vati: papá, en alemán.

Verboten: prohibido, en alemán

Wunderbar: maravilloso, en alemán.

¡Mírame!

"Mírame. Mírame!". La delicada curva del brazo de la niña pasó por el arco que formaban sus dedos intermedios. Una perfecta posición de *ballet*. Hizo una pirueta con una gracia y un equilibrio poco habituales en una niña de cinco años. Sus trenzas rubias se movían al girar. "*Vati*", le decía a su padre. "¡Mírame!".

"Anita, deja de lucirte y armar tanto barullo", respondió él. Entonces se volvió hacia su madre y resopló enojado, farfullando palabras en alemán: "¡Hilde, saca a esta niña de aquí! Ya es bastante insulto que no hayas sido capaz de darme un hijo, ¿además tengo que soportar a dos niñas pesadas a todas horas?". Levantó las manos hacia el techo. "¿En qué estaría yo pensando para casarme con una judía?".

"Fritz, por favor, delante de las niñas no".

Anita se quedó paralizada durante un momento antes de deslizarse hasta una esquina y acurrucarse pegada a la pared. Luego estiró su esbelto brazo para acercar hacia su falda a Teddy. Odiaba que sus padres se peleasen. Últimamente sucedía todo el tiempo, pero Anita nunca pretendía que se iniciara otra pelea.

"Hella, lleva a tu hermanita a la cocina". *Mutti* las empujó suavemente hacia la puerta.

Anita, deseando quedarse cerca de su madre, dudó un momento, pero Hella le lanzó una mirada seria que no dejaba lugar a dudas. Ya en la cocina, Anita apoyó la cara contra el marco de la puerta.

"Anita intenta con todas sus fuerzas complacerte. ¿No te das cuenta de que solo quiere tu aprobación?". La voz de Mutti podía oírse desde la cocina casi con la misma claridad que si todos estuviesen en la misma habitación. El adosado de los Dittman, que se encontraba en el suburbio Zimpel de Breslau, era espacioso y lujoso, pero tenía un defecto: los gritos de enojo traspasaban las paredes como si estas estuvieran hechas de papel.

"No empieces otra vez, Hilde", dijo Vati mientras caminaba de un lado al otro de la habitación. "Tengo mis propios problemas y no necesito que tú añadas los tuyos".

"Todos tenemos un montón de problemas últimamente, Fritz, pero ¿no podemos poner nuestro mayor esfuerzo para intentar proteger a nuestras hijas de ellos?".

"Hella hace lo posible por complacerme, no tengo ningún problema con ella. Pero Anita…".

Anita se puso las manos en los oídos. Hella intentó sacarla fuera, pero la niña se metió debajo de la mesa rápidamente, buscando refugio. Le dolía el estómago.

"¿Por qué tienes que mostrar tu favoritismo de esa manera? Hella tiene diez años. Es normal que se sepa controlar mejor". La voz de Mutti sonó más seria. "Anita puede ser pequeña, pero está llena de energía y creatividad. Si pudieras verla tal como es y olvidarte del niño que deseabas tener…".

"Lo admito, deseaba un varón. Ya está bien. No discutiré esto más". Vati dio un golpe con la mano. El sonido hizo que Anita se encogiera. "¿Sabes lo que me gustaría realmente?".

Mutti no contestó.

"Me gustaría no haberme casado contigo nunca. ¿En qué estaba pensando? Casarme con una judía. ¡Es totalmente demencial para un ario!". Vati pronunciaba cada palabra con fría precisión. "Hitler ahora lo llama "deshonrar la raza": mezclar pura sangre alemana con sangre judía".

Los sollozos silenciosos de Mutti llegaban hasta la cocina.

"Déjame decirte una cosa, Hilde, esposa mía" —las palabras *esposa mía* sonaron llenas de sarcasmo—, "ese acto estúpido no me ha causado más que penas".

Mutti siguió sin responder, pero de todas formas a Vati nunca le interesaban sus respuestas. Una vez que empezaba a discutir, podía hacerlo solo durante horas.

"Mis problemas no te interesan lo más mínimo. Las cosas están cambiando, eso es un hecho, y aquí estoy yo, cargado con una esposa judía y dos hijas mestizas".

Anita oyó la puerta cerrarse de un golpe.

"Anita, Hella, vengan aquí, por favor". La voz de Mutti sonaba triste.

Hella tomó a Anita de la mano y la sacó de debajo de la mesa.

"Mutti, lo siento". Anita se abrazó a la pierna de su madre. "No quería enojar a Vati".

"Tranquila, Anita", dijo Mutti con voz suave. "Tranquila". Rodeó con su brazo también a Hella. "Tu padre está preocupado y lo paga con nosotras".

"Vati me odia". A Anita todavía le dolía el estómago.

"No digas tonterías, Anita". La voz de Hella sonó impaciente. "Los padres no odian a sus hijos".

"Hella tiene razón", dijo Mutti. "Vati habla así porque está enojado, pero no está enojado contigo realmente, Anita". Ella colocó suavemente los mechones de pelo que se escapaban de las trenzas de la pequeña.

Anita no quería discutir con Mutti, pero sentía el rechazo de Vati cada vez que intentaba poner su mano sobre la de él o cuando trataba de sentarse en su regazo. Él siempre encontraba una excusa para apartarla o quitársela de encima. Ella se había hecho una experta en observar su cara en busca de reacciones. Cuando Hella se acercaba, él casi nunca la apartaba.

"¿Por qué está Vati tan enojado últimamente?". Hella parecía confundida.

"Es complicado". Mutti se levantó y cruzó la habitación para arreglar el pliegue de las cortinas. "Son cosas de política y de su trabajo principalmente".

"¿Política?". Hella recogió a Teddy del suelo y lo colocó en el regazo de Anita.

"Conoces los problemas que traen las ideas de Hitler, ¿no?", preguntó Mutti.

"Un poco".

"El periódico que edita Vati ha formado parte del movimiento que llaman *Socialdemócrata*. Todo el mundo esperaba que las cosas mejoraran tras el caos financiero de los últimos años, pero aquí estamos en 1933, y Alemania tiene más problemas que nunca".

Anita golpeó suavemente con la punta del dedo en el ojo de Teddy. No entendía de qué estaba hablando Mutti.

Le hubiera gustado que hablaran de cosas que ella pudiera entender.

"Hitler odia a los socialdemócratas, y ahora Vati tiene que afiliarse al partido nazi o…".

"¿Qué significa nazi, Mutti?". A Anita no le gustaba la manera en que sonaba esa palabra. Cuando las personas la pronunciaban, ponían los labios hacia atrás, y eso hacía que sus caras pareciesen enojadas.

"Nada de lo que tú tengas que preocuparte". Mutti se acercó y acarició las trenzas de Anita. "Tu cabecita debería estar llena de *ballet*, vestidos bonitos, tu familia de osos de peluche y…".

"No hace falta que le digas eso, Mutti". Hella hizo un gesto de desesperación con las manos. "A ella lo único que le preocupa es el dibujo y el baile".

"Y así debería ser la vida para una niña de cinco años, *Mein Liebling*. Vamos, niñas, sentémonos a hablar, mientras yo me ocupo del dobladillo de la falda de *ballet* de nuestra bailarina más pequeña".

Anita dio un largo y profundo suspiro, imaginándose cómo se moverían los pétalos de *chiffon* cuando ella girase al bailar. Al igual que las tormentas que tanto le gustaban, su tristeza se esfumó, y una vez más, hizo honor al apodo que su tía tenía para ella: rayo de sol.

☙ ☙ ☙ ☙

Teddy y sus amigos de peluche, junto con los lápices de colores, los cuadernos de dibujo y el *ballet*, continuaron llenando la vida de Anita. Cuando Mutti se arrodillaba para quitarle a Anita las zapatillas de baile después de las clases, la niña siempre se echaba a llorar. Nunca quería dejar de bailar. Por la noche, dormía con sus muy gastadas zapatillas debajo de la almohada y soñaba con un escenario de madera lleno de luces. Aunque era la más pequeña de la clase, en sus sueños cuando el *danseur* la alzaba por encima de su cabeza, ella se destacaba entre todos los bailarines del escenario. Los colores brillantes, el olor a tiza en el suelo, las motas de polvo que flotaban ante los focos y el rítmico sonido de los dedos de los pies que golpeaban las tablas hacían que su sueño pareciese más real que la vida real.

Una noche en medio de sus sueños, notó que la sacudían suavemente para despertarla.

"Anita, *Mein Liebling*, despierta. Soy Mutti".

Ella se dio la vuelta, intentando seguir soñando.

"Anita, escucha a Mutti". Su madre la levantó hasta dejarla sentada. "Tengo que irme, pero volveré a verte mañana".

¿Irse? De repente los bailarines se desvanecieron, y Anita miró a su madre. "¡No puedes dejarme, Mutti!". Rodeó con sus brazos el cuello de Mutti y continuó repitiendo la frase una y otra vez.

"Anita, Anita. Ya casi tienes seis años. Por favor, no sigas. Le rompes el corazón a Mutti".

"Ya es suficiente". Vati entró en la habitación. Parecía enojado. "Quiero que te vayas de mi casa, Hilde. Quiero que te vayas ya".

"Pero mis hijas… seguro que no las quieres…".

"No se trata de lo que yo quiera. Soy ario, y mis hijas son medio arias. Ya es bastante malo que tu sangre judía manche sus venas, pero no permitiré que tus ideas judías las contaminen más". Estaba de pie con los brazos cruzados y los pies firmemente separados, una fuerza inamovible.

"Puede que tengas derecho según Hitler, Fritz, pero ¿qué hay de lo que es correcto bajo el cielo?". La voz de Mutti resonaba por toda la casa, y una adormilada Hella entró en la habitación de Anita.

"¡No apeles al cielo, Hilde!", estalló Vati. "No puedes ser tan hipócrita. No crees en el Dios de tu pueblo. Ni crees tampoco en el Dios de los cielos. Admítelo". Tenía las manos en las caderas y los pies separados. "Esa moderna religión de ustedes cree en una mezcolanza de Buda, Mahoma, Jesús, ídolos de animales…, es más, no sé ni cuántos dioses tienen". Vati enderezó la espalda. "Me enorgullece ser ateo. De hecho, soy un ateo devoto. No creo en Dios. Punto". Pronunció la palabra *Dios* como si la estuviera escupiendo, como si estuviera tratando de tragar un bocado amargo. "La religión es para los débiles, y tú, Hilde, eres la más débil de todos. Ni siquiera eres capaz de abrazar una religión y quedarte con ella. Tienes que fabricarte tu propia muleta mezclando dioses".

"Fritz, mi filosofía no importa en esto". Miró a sus dos hijas. Hella estaba paralizada. Anita lloraba. "Hella, lleva a tu hermanita a la cocina…, por favor. Iré a hablar con ustedes tan pronto como termine de hablar con su padre".

Anita tomó a Teddy y se asió de la mano de su hermana. Ya en la cocina, temblando se escurrió una vez más bajo la mesa y escuchó. Hella sacó una silla y se sentó. Anita podía ver que su hermana se frotaba las piernas de arriba abajo con los pies. Eso era lo que Hella hacía cuando tenía miedo.

"Quiero que te vayas de aquí, Hilde, y no hay más que

hablar". La voz de su padre llegaba perfectamente a la cocina. "Espero poder encubrir mis actividades socialdemócratas alistándome en el partido nazi y dándoles a ellos el periódico". Carraspeó como hacía cada vez que quería cubrir su vergüenza. "Después de todo, ¿de qué sirven los ideales cuando está en juego la vida de uno?".

Mutti dijo algo, pero Anita no pudo entenderlo.

"Puedo escapar de mi pasado intentando desaparecer durante estos tiempos de confusión, pero nunca podré escapar de haber deshonrado a mi raza".

Anita no entendía mucho de lo que decía Vati. Solo sabía que él quería que Mutti se fuera de casa.

"¡No me dejes, Mutti!", lloraba para sí.

"¡Calla! No enojes a Vati", susurró Hella. "Pobre Vati; tiene que hacerlo".

Anita se puso el puño en la boca para dejar de llorar. Hella amaba a Vati por encima de todo. Aunque Anita no entendía demasiado, ella sabía que a quien más quería Vati era a Hella, quien le devolvía ese amor con una lealtad incuestionable.

Vati vivía en casa, pero era un extraño para Anita; un extraño al que ella quería complacer, pero nunca podía hacerlo.

"Si te diera las niñas, tendría que darte dinero para que las cuidaras. Tendría que comprarte un apartamento". Vati tosió. "Esta discusión ya me aburre".

Mutti dijo algo más, demasiado bajo para que se la pudiera oír.

"Pueden aprender a cuidarse ellas mismas. Tú las malcrías. Es más, ellas pueden cuidar de mí". Su voz subió de tono. "Niñas, vengan aquí".

Hella sacó a Anita de debajo de la mesa y la empujó hacia la habitación donde estaban Vati y Mutti. Anita todavía sostenía a Teddy en sus manos.

"Su madre tiene que irse, pero ustedes la visitarán…".

"¡No! Mutti, no me dejes".

Hella le tiró a su hermanita de la trenza.

"Basta ya, Anita, basta". Hella se puso delante de Vati. "Yo te ayudaré, Vati. Sé cocinar".

Anita miró a Mutti a la cara y vio su gesto de pena cuando levantó el brazo para tocar a Hella, pero después lo dejo caer a un lado.

"¡No me dejes, Mutti!". Anita gimoteó, más tranquila ahora, pero no menos decidida.

"Anita, deja de llorar, y te daré un regalo". Su padre se puso en cuclillas delante de ella. Anita nunca lo había visto tan de cerca. Olía a lana caliente y a jabón de afeitar. Le quitó a Teddy de las manos y lo tiró sobre la cama. Metió la mano en la cartera y sacó el osito articulado dorado que ella tanto había deseado cuando pasaban por la tienda de juguetes. "Mira un precioso osito nuevo".

Anita dijo que no con la cabeza y apartó el osito. Se subió a la cama para volver a recoger a Teddy. Sin decir una palabra bajó de nuevo, se acercó a Mutti y la tomó de la mano.

"Muy bien". Vati lanzó el nuevo oso al otro lado de la habitación. "Tú ganas, Hilde. Llévatela. Hella se quedará conmigo".

Anita quiso tomar la mano de Hella, pero ella permaneció de pie al lado de Vati. Sus ojos no parpadeaban, pero Anita vio que le temblaban los labios.

"Hilde. Abre la puerta. Soy yo, Inge". La llamada en la puerta despertó a Anita de un profundo sueño. *¿Por qué está llamando a la puerta nuestra vecina Inge?* El ruido de unos truenos interrumpía los golpes.

Un momento, Inge ya no es nuestra vecina. Nos fuimos de casa de Vati anoche. Estamos en la casa de Tante, no en nuestra casa. Pensó en su hermana: *Me pregunto si Hella estará durmiendo en mi cama en casa.* La llamada en la puerta era cada vez más insistente. *¿Por qué la vecina de Vati, Inge, está llamando a la puerta de la casa de Tante?* Anita sacudió a Mutti, que estaba acostada a su lado en la cama de campaña. "Mutti, están llamando a la puerta. Es Inge".

Mutti se levantó y se colocó un chal sobre el camisón. Anita se quedó en la cama, escuchando el sonido de los truenos. Le encantaban las tormentas. Su madre a menudo le contaba la feroz tormenta que hubo cuando ella nació.

Mutti descorrió el pestillo, abrió la puerta y saludó a su amiga.

"Hilde, tienes que venir". El aliento de Inge salía entrecortado cuando tomó a su amiga por los dos brazos. "Tienes que venir. Rápido". Ella ocupaba la mayor parte de la entrada con su capa de lana empapada.

Anita se deslizó fuera de la cama para poder ver mejor.

"¿Qué hora es? ¿Ir adónde?". Mutti se envolvió mejor los hombros con el chal.

"Es muy temprano, quizás las dos de la mañana". Inge temblaba.

"Perdona que sea tan desconsiderada. Entra. Recupera el aliento".

La joven entró, pero no se sentó. "Tienes que volver a tu

casa. Cuando te fuiste ayer, Fritz salió poco después. No le dimos mucha importancia dado que él casi nunca estaba en casa cuando tú vivías allí". Se tocó un mechón de cabello mojado que salía de debajo de su capucha. "Esta noche, cuando estalló la tormenta, escuchamos sonidos de golpes dentro de la casa y pensamos que quizá Fritz había regresado".

Mutti empezó a retorcerse las manos con impaciencia.

"Cuando llegó mi Otto hace una hora, escuchó las llamadas y los golpes en la puerta de Fritz. Cuando fue a la puerta para preguntar si todo iba bien, Hella gritó". Inge se puso las manos delante de la boca y movió la cabeza. "Tu Fritz no ha regresado todavía desde que se fue la noche anterior, hace más de veinticuatro horas. La tormenta ha asustado mucho a Hella, pero la puerta está cerrada con llave, y ella no puede salir a pedir ayuda".

"Hella… oh, no. Mi Hella…". Mutti empezó a ponerse la ropa sobre el camisón.

"Ella me dijo que tú estabas aquí temporalmente y me pidió que te llamara".

"Gracias, gracias". Mutti besó a su amiga.

Sin una palabra más, una cansada y empapada Inge regresó corriendo a su casa.

Mutti vistió a Anita, y las dos se dirigieron caminando hacia la única casa que la niña había conocido jamás.

Cuando llegaron, Mutti metió la llave en la cerradura, y Hella prácticamente se lanzó fuera de la casa a los brazos de su madre. Se abrazó a su madre llorando. Anita se quedó allí, acariciando el brazo de su hermana. Mientras Mutti murmuraba palabras reconfortantes, recogieron algunas cosas y se fueron.

Cuando bajaban caminando por la calle silenciosa justo antes del amanecer, Hella se desprendió de la mano de Mutti para tomar su paraguas. "Debería haberle dejado una nota a Vati". Sus sollozos habían ido bajando de intensidad hasta prácticamente desaparecer. "¿Crees que se preocupará?".

Unos días después, cuando las tres regresaron para empaquetar sus cosas y mudarse al pequeño apartamento que habían encontrado al otro lado de Zimpel, a Anita le dolía el estómago constantemente.

Hella recogió sus cosas despacio, alisando todas las arrugas y atesorando cada recuerdo. Anita suponía que Hella acabaría mucho antes si dejaba de mirar todo el tiempo hacia la habitación de enfrente, donde Vati estaba sentado, con la espalda encorvada, escuchando la radio.

Cuando ya habían metido las cosas en la última caja, Vati entró en la habitación e indeciso tocó el brazo de Mutti. "Bueno… Me di cuenta de que yo no podría cuidar de Hella después de todo. Lo siento".

Hella bajó la cabeza y se dirigió hacia la puerta.

Cuando estaban allí parados viendo a los chicos de la mudanza cargar las últimas cosas en el camión, Vati miró con dureza a Mutti. "Te daré dinero para ti y para las niñas todos los meses en contra de mi parecer. Ya sabes que por ley no tengo que hacerlo porque eres judía". Entrecerró los ojos y bajó la voz hasta que esta se convirtió en un susurro. "Creo que he conseguido romper limpiamente con mi pasado político. Estás viendo ante ti a un orgulloso miembro del partido nazi". Se detuvo un momento y después dijo con precisión: "Si se te ocurre decir la más mínima palabra sobre mi pasado, Hilde Dittman, no tendrás ni un céntimo. ¿Entendido?".

Mutti simplemente se le quedó mirando.

"*Auf Wiedersehen*, Vati". Hella corrió hacia él y lo abrazó. "Te quiero".

Vati permaneció rígido; parecía incómodo con los brazos colgados a ambos lados del cuerpo. Cuando Hella se separó, Vati levantó la mano torpemente y le acarició el pelo.

Anita se quedó allí al lado, parada, deseando que él le dijese adiós. *Mírame, Vati. ¡Mírame!*

2

Tiempo de bailar

Judenfratz". La rabia salía de la boca del chico al pronunciar la palabra para decir niña judía malcriada.

La asustada Anita, que tenía seis años, se estremeció y dejó caer su bolsa de *ballet*. Una zapatilla de satén rosa rodó por la calle. "Mutti, ¿qué significa eso? ¿Por qué está enojado con nosotras?

"Recoge la zapatilla y límpiala, *Mein Liebling*". Mutti abrió la bolsa para que Anita pudiese colocar de nuevo sus cosas. Le devolvió la bolsa y esperó para hablar hasta que el chico se hubiese ido. "Algunos niños no tienen nada mejor que hacer que asustar a niñitas indefensas".

"¿Se lo decimos a su madre?". Anita sabía que vivía cerca de su apartamento.

"No, hija". Mutti movió la cabeza y suspiró. "Tienes que tener cuidado con lo que dices. Las cosas están un poco confusas estos días. No quiero hablar más de ello, pero debes recordar esto". Mutti se detuvo un momento en la calle y se puso en cuclillas frente a su hija. "¿Me estás escuchando?".

El tono serio de su madre asustó a Anita. "Sí, Mutti, estoy escuchando".

"No importa lo que diga o haga nadie, debes bajar la cabeza y seguir en lo tuyo. No importa lo que pase. ¿Entendido?".

"Creo que sí".

"Y cuando estés en la calle o incluso en el colegio, no contactes visualmente con nadie. ¿Sabes lo que eso significa?".

"No".

"Es mirar directamente a los ojos de otra persona". Mutti se levantó y miró por encima del hombro como si acabase de darse cuenta de que la conversación con Anita podía haber atraído la atención sobre ellas. "Vamos, sigamos caminando. Mantén siempre la cabeza baja y aparta la vista".

"Pero ¿por qué? No lo entiendo. ¿Nuestro barrio es peligroso?".

"No. No más que cualquier otro barrio de Alemania. Hablaremos de esto esta noche durante la cena, ¿de acuerdo?".

Mutti se apresuró a llegar a la clase de *ballet*. Sería la última clase antes del recital de Anita en el hermoso pabellón Century de Breslau.

A Anita le hubiera gustado mucho que su vestido de *ballet* de *chiffon* todavía le quedara…, pero le iba pequeño ya. Los pétalos de seda de la falda de aquel vestido se agitaban y temblaban con cada movimiento. No había dinero para comprar tela para hacer uno nuevo. Sus zapatillas de *ballet* estaban gastadas y le quedaban tan pequeñas que a Mutti le llevó algún tiempo colocarlas en los pies de Anita.

"No importa", había dicho *Frau* Mueller-Lee, su profesora de *ballet*. "Te ganarás el corazón de todos cuando bailes".

Sus palabras siempre animaban a Anita. Hacía menos de

un año, Frau Mueller-Lee había llamado a Mutti para hablar del futuro de su hija. Anita todavía se acordaba de aquella reunión. Su profesora había mirado a Anita y le había dicho: "Niña, con tu talento natural y mi entrenamiento, algún día serás famosa. El público adorará cada escenario en el que bailes". Desde entonces, Anita se pasaba dos horas diarias con Frau Mueller-Lee, haciendo gimnasia, protocolo y su favorito: *ballet*.

Mutti suspiró y apretó los labios con esa forma tan suya de mostrar preocupación, mientras Frau Mueller-Lee halagaba a la pequeña bailarina, pero ese era el sueño de Anita.

Ahora iba a hacer la actuación más importante de su vida. Mutti encontró un antiguo traje de papel crepé que había sido de Hella. El papel estaba un poco descolorido, pero una vez planchado, el rosa y el azul parecían más suaves que nunca. A Anita ni siquiera se le ocurrió pedir otro traje de *chiffon*. Sabía que Mutti se había quedado sin café para ahorrar unas monedas y poder comprar flores de papel para adornar su cabello.

Anita suspiró. Las zapatillas le hacían daño, pero se prometió a sí misma que bailaría lo mejor que supiera. Cuanto mejor bailara, menos importaría que su traje estuviera hecho de papel. Practicó con la misma intensidad que si el estudio de baile fuera el escenario.

Esa noche, cuando las hermanas estaban sentadas a la mesa, Mutti parecía preocupada. "Tenemos que hablar de lo que está sucediendo a nuestro alrededor". Puso una fuente de sopa en la mesa con tres rebanadas de pan de centeno caliente. "Desearía que tuvieran una niñez agradable, llena de amigos y de juegos y de fiestas, pero sobre todo, me gustaría que estuviera libre de preocupaciones".

Las niñas ocuparon sus lugares en la pequeña mesa colocada en una esquina de la cálida cocina, mientras Mutti repartía un poco de sopa en cada uno de los platos. Anita se daba cuenta de que su mamá estaba muy seria. Ninguna de las niñas sabía cómo responder.

"Algunas veces parece que el mundo se hubiera vuelto loco". Mutti se sentó. "Hitler está haciendo todo lo posible para hacerse con el poder en todo el país. Hella, tú lo entiendes, ¿verdad?".

"*Ja*, Mutti".

"El presidente von Hindenburg hace tiempo que no está bien, es débil. En su lugar, Hitler se las ha arreglado para salirse con la suya, utilizando la infelicidad de las personas para hacerse con el poder. Pero, por muy débil que sea von Hindenburg, es el único que se interpone entre Hitler y su odio a los judíos".

"¿Por qué no son felices las personas?". Anita sabía que ella era bastante feliz.

"Es complicado, *Mein Liebling*. Después de perder la guerra, los alemanes sufrieron la derrota. No teníamos dinero, y nuestro preciado orgullo había desaparecido. Adolf Hitler apeló al orgullo alemán. Su mensaje llegó en un momento en que el pueblo necesitaba esperanza".

"Entonces, ¿es bueno?". Hella parecía confusa.

"Oh, no. No. Es peligroso decirlo, pero Hitler es malo, muy, muy malo". Mutti posó su cuchara, se inclinó hacia delante y miró a sus dos hijas. "Deben escucharme muy bien e intentar entender lo que estoy diciendo. Nuestras vidas dependen de ello".

Anita posó su cuchara. "Escucharé muy bien, Mutti".

"Y yo", añadió Hella.

"Día a día, la maldad de Hitler se va descubriendo. Justo esta primavera, el parlamento aprobó la Ley Habilitante. Esa ley da a Hitler todo el poder que necesita. Me han visto sentada aquí escuchando la radio, ¿no?".

Las niñas hicieron un gesto afirmativo.

"Cada día Hitler revela una nueva parte de su plan. ¿Se acuerdan cuando tuvimos que ir a la oficina del distrito para registrarnos?". Mutti continuó. "Tuvimos que declarar nuestra nacionalidad. No la alemana, sino la judía o aria".

"¿Qué es un ario?".

"Hitler decretó que significa ser una persona blanca, caucásica, que no es judía. Cuando nos registramos, ustedes se registraron como mitad judías, porque su padre es ario. Yo me registré como judía".

"¿Y eso es tan malo, Mutti?", preguntó Anita. "Tú no vas a la *sinagoga*".

"No importa. Hitler odia a los judíos. También odia a los pobres y a los discapacitados. *Ja*, y a los gitanos, y a...".

"Eso es mucho odio, ¿no?". Anita no sabía por qué, pero le empezaba a doler el estómago. Partió un trocito de pan y se lo comió lentamente.

"Sí, mi pequeña. Demasiado odio. Por eso debemos hablar. Parece que cada día hay más leyes: los judíos no pueden poseer tierras; los judíos no pueden seguir manteniendo sus puestos en la orquesta sinfónica; los judíos no pueden exponer su arte en las galerías; los judíos no pueden ser editores de periódicos...".

"Es bueno que Vati sea ario", suspiró Hella profundamente.

"*Ja*, pero él tiene sus propios problemas por las cosas que escribió en su periódico durante años. Por su bien, no deben mencionarlo ni hablar de él, ni siquiera con sus amigos".

Las hermanas asintieron con la cabeza.

"Esta es la parte más dura". Mutti se acercó un poco más y habló en voz baja. "Debemos tener mucho cuidado con lo que decimos o hacemos. El único lugar en el que pueden hablar libremente es en casa. Y, esto es importante, no debemos repetir nada de lo que se dice en casa a nadie".

"¿Qué pasa con nuestros amigos?". Hella se movió en su asiento mientras frotaba un pie contra la pierna contraria.

"¿Y Frau Mueller-Lee y mi profesora del colegio?", preguntó Anita.

"Me alegro de que me lo preguntes. Es necesario que entiendan esto. Nuestras vidas dependen de ello". Mutti, partió un trozo de pan. "No deben hablar despreocupadamente con amigos ni con profesores. Es posible que ustedes dos sean las únicas alumnas del colegio que no pertenecen a las *Juventudes hitlerianas*. Tienen que tener cuidado; ellos pueden decir y hacer lo que quieran a los estudiantes judíos.

"¿Quieres decir que no podemos defendernos, como cuando ese chico me llamó *Judenfratz*?". A Anita no le gustaba que la insultasen.

"*Ja*, eso es. Debes bajar la mirada y seguir andando. No debes responder y no debes pelearte. La gente de Hitler está por todas partes escuchando".

"No lo entiendo", dijo Hella.

"Cuando Hitler llegó al poder, se trajo consigo a sus guardaespaldas: las *Schutzstaffel*, o como las llaman ahora, las *SS*". Mutti se estremeció. "Hay que tenerles miedo". Se puso la cabeza entre las manos y la agitó de un lado a otro. "Oh, Hella, Anita, mis queridas niñas, odio tener que decirles que vivan con miedo, pero si no les advierto para protegerlas de lo desagradable, podría estarles enviando directamente al centro del problema".

"Ya somos lo bastante mayores como para entender, ¿verdad, Anita?". Hella se levantó y abrazó a su madre. "Haremos que sea un juego. Nuestro juego secreto. Todo lo que nos digas quedará guardado bajo llave en nuestro corazón".

"¡*Ja!*, y nadie tendrá la llave secreta, solo Hella, Mutti y yo".

"¿Por qué me preocupo por ustedes? Son muy listas". Mutti las abrazó a ambas. "Jugaremos juntas a este juego. Ahora díganme cuáles son las reglas del juego".

"Todo lo que nos digamos quedará guardado dentro de nosotras", saltó Anita orgullosa de ser la primera en responder.

"No tenemos que defendernos si se meten con nosotras", añadió Hella.

"Por la calle, tenemos que ir con los ojos y la cabeza baja. Esa es difícil, ¿verdad, Mutti?"

"Y ni siquiera tenemos que hablar de Vati", dijo Hella, "o se puede meter en problemas".

"¿Podemos levantar la cabeza para mirar a los camisas pardas cuando desfilen por las calles?". Anita se preguntaba quién podía ignorar el sonido de cientos de hombres desfilando calle abajo. A ella le recordaban el sonido de los truenos que tanto le gustaban.

"No, no, no". Mutti acercó a Anita hacia sí. "Esta es una de esas cosas confusas. Los camisas pardas son las *SA* (las tropas de asalto). Son muy parecidas a las *SS*. Peligrosas. Son todos nazis. Puede que estén desfilando, pero también están vigilando. Siempre están vigilando". Mutti tomó la cara de Anita entre sus manos. "Hitler decretó que ningún judío puede saludar la *Swastika*, la bandera. Así que si levantas la mano y saludas, te podrían llevar con ellos. Pero aquí viene lo difícil, si estás en la calle parada cuando pasa un desfile y no levantas la mano y dices 'Heil Hitler', puede que te tiren al suelo o algo peor por irrespetuosa". Mutti plantó un beso en la mejilla de Anita y dijo: "Ya basta de todas estas tristezas. Nuestra sopa puede que esté templada, pero es muy nutritiva. ¡Comamos!".

"Pero, Mutti", preguntó Hella, "si estamos en la calle y pasa la bandera, ¿qué hacemos?"

"Pónganse a la sombra. Tranquilamente y con cuidado, apártense de la vista de los demás para no atraer la atención".

Las sombras me cubrirán. A Anita le gustaba la idea, otra regla del juego.

La noche del recital, la ciudad parecía más hermosa que nunca. Mutti, Hella y Anita tomaron el tranvía para ir al pabellón. Salieron de casa muy temprano para asegurarse de que nada fuera mal. Las luces brillaban, la fragancia del jazmín de verano llenaba el aire.

Entre bastidores, Mutti le trenzó el cabello con tanta firmeza que Anita sentía la tirantez en su cuero cabelludo. A ella le parecía que los ojos se le habían estrechado y alargado. Mutti después ató las trenzas formando un ocho a la altura de la nuca de Anita y sujetó la corona de papel a su cabeza.

"*Schön*. ¡Qué niña tan habilidosa!". La flautista se paró de camino al foso de orquesta. "¿Cómo puede ser que una niña tan pequeña ya esté bailando?".

Anita sonrió ante el cumplido. Después de todo, *Schön* significaba "bonita", pero no podía soportar que el malentendido sobre su tamaño quedase sin explicación. "Gracias, *Fräulein*, pero soy bastante más mayor de lo que parezco. Siempre he sido pequeña, pero bailo como las chicas mayores".

La mujer se echó a reír. "¿Y cuántos años tienes?".

"Tengo seis años, casi siete".

"Perdón —rió de nuevo ella—, no me había dado cuenta de lo mayor que eras. Estoy deseando ver cómo bailas". Le hizo un guiño a Mutti y se fue.

Anita se estiró todo lo alta que era, intentando mantener erguida su cabeza en una clásica postura de *ballet*. Su hambre por bailar a veces era más fuerte que su hambre de comida. "Cuando me vea bailar", le dijo a Mutti, "no creo que se ría o que haga guiños".

"Oh, Anita", dijo Mutti, "eres única. A veces creo que eres la viva imagen de tu padre, en todo lo bueno claro, con una dosis de testarudo orgullo alemán".

"¿Crees que Vati vendrá esta noche?", preguntó Anita en el momento en que Hella volvía detrás de bastidores.

Mutti no contestó.

"*Eine Kleine Schwester*", dijo Hella. "Ese vestido es *wunderbar*. ¡Qué bien te ha quedado, Mutti!".

A Anita le encantó el cumplido, pero no que la llamaran

"hermanita pequeña". "Hella, ya soy mayor. Voy a bailar con las chicas mayores. Ninguna bailarina pequeña baila esta noche".

Hella se echó a reír con esa preciosa risa suya. "¡Uy! Supongo que ya eres demasiado mayor para que te siga llamando "hermanita". Tendré mucho más cuidado en el futuro".

"Bailarinas, a sus puestos". Frau Mueller-Lee se movía con rapidez entre el grupo de nerviosas niñas.

"Vamos, Hella". Mutti dio un rápido beso a Anita en su sonrosada mejilla. "Vamos a ocupar nuestros asientos ahí delante".

El sonido de la orquesta mientras afinaba sus instrumentos siempre emocionaba a Anita. Era el sonido que esperaba oír el resto de su vida. Sabía que Mutti pensaba que era demasiado joven para saber cuál sería su futuro, pero cuando bailaba, ya fuera practicando en la *barre* o durante una actuación, Anita era feliz. Cuando sus músculos se estiraban y sus miembros se alargaban, se sentía más feliz que nunca. A veces por la noche soñaba que volaba. Su cuerpo se alzaba del suelo y planeaba sobre el aire. En la vida real, bailar era como volar. Su dolor de estómago desaparecía, y su cuerpo parecía flotar entre la tierra y el cielo.

Su actuación como bailarina solista era casi al final de la velada. Mientras las niñas mayores bailaban antes que ella, Anita se sentía tan atrapada por los fluidos movimientos de la coreografía, que casi se olvidó de su propia actuación. Después escuchó el aplauso y supo que esa era la señal de que era su turno.

Anita respiró profundamente introduciendo el aire por la nariz y expulsándolo lentamente por la boca. Frau Mueller-

Lee le dijo que al expulsar el aire se liberaban todos los nervios, y esto hacía que la bailarina se centrara en su baile. Corrió hacia el centro del escenario, recordando mantenerse de puntillas y con la espalda recta. La piel de la suela de sus zapatillas de *ballet* hacía un ruido susurrante al deslizarse por el escenario de madera cuando ella corría por él. El papel crepé almidonado crujía con cada paso que daba. Ella no podía ver nada más allá de las candilejas. Mutti y Hella estaban sentadas en algún lugar entre el público. ¿Estaba allí Vati? *¡Mírenme todos!*

La música parecía transportarla. El baile brotaba de su interior. Por un momento, le preocupó que Frau Mueller-Lee se enojase por improvisar los pasos de baile, pero el baile la atrapó, mientras su cuerpo se movía al son de la música.

Cuando terminó de bailar, pareció despertarse. El público se puso en pie y aplaudió. Ella solo podía distinguir formas, pero los aplausos duraron largo rato. Se puso las manos sobre los labios y lanzó besos imaginarios hacia donde suponía que estaba sentada Mutti. Anita no podía esperar a ver a su madre tras el escenario.

"*¡Bravo!*". Mutti abrazó con fuerza a su hija, con su vestido de papel crepé. "Has bailado mejor que nunca". Le entregó una rosa a la excitada bailarina. "Si tuviera dinero, te compraría un enorme ramo de rosas, pero ya habrá tiempo para eso. Esta es del jardín de *Tante* Käte".

"*Danke*, Mutti". Anita metió su cara entre los pétalos de la rosa y aspiró su aroma.

Hella se echó a reír. "Las rosas de invernadero no huelen, así que nuestra bailarina ha conseguido la mejor rosa después de todo".

Anita abrazó a Hella. Esta noche le gustaría abrazar a todo el pueblo de Breslau.

Más tarde, cuando caminaban en dirección hacia el tranvía, Anita escuchaba el crujir de su tutú de crepé bajo el abrigo. Las estrellas eran más brillantes, y el aire, más claro de lo que recordaba. "Me encanta Alemania" dijo abriendo completamente sus brazos. "¿No somos las personas más afortunadas del mundo?".

Ni Mutti ni Hella respondieron.

A la mañana siguiente, Mutti le dio a Hella una moneda que había ahorrado para comprar el periódico. El director de música y arte había estado en el Pabellón Century aquella noche.

Casi no había llegado Hella a la puerta cuando Anita tomó a Teddy en sus brazos y empezó a saltar de arriba a abajo. "Léelo, Mutti. Léelo".

Mutti abrió el periódico y recorrió con sus dedos las palabras del artículo hasta llegar a un nombre familiar. Empezó a leer: "La danza fue bellamente ejecutada por la bailarina de seis años, Anita Dittman. Su habilidad y gracia para el *ballet* supera con mucho su edad. No obstante, los alemanes ya no queremos ser entretenidos por una judía". Mutti parpadeó como si la hubieran abofeteado.

Anita se quedó sin aire y parecía más pequeña que nunca. Antes de que Mutti o Hella pudieran acercarse a ella, Anita agarró a Teddy y se ocultó en la sombra entre la estantería y la pared. Puede que Anita solo tuviese seis años, pero sabía que la de la noche anterior había sido su última actuación. Mutti y Hella se sentaron con ella en el suelo.

"Nadie te puede arrebatar la noche de ayer, *Mein Liebling*".

Mutti acarició con el dorso de su mano la mejilla de Anita. "Nadie que estuvo anoche allí te olvidará nunca. Puede que Hitler haya decretado que los judíos no pueden bailar en los escenarios alemanes, pero no puede detener tu espíritu de bailarina".

3

No te desampararé ni te dejaré

Anita jugaba al aire libre siempre que podía. Las tres habitaciones de su apartamento eran muy pequeñas. Cuando Vati dejó de enviar dinero, ellas aprendieron a vivir con lo que conseguían de la asistencia pública y de todo aquello que Mutti pudiera ganar.

Cuando Hella preguntó por qué ya no recibían cartas de Vati, Mutti apretó los labios con firmeza. Hasta que no tomaron el tranvía para ir a casa de *Oma*, la madre de Vati, las niñas no supieron qué pasaba con él. *Oma* había pedido a Mutti que permitiese que las niñas la visitaran, pero a Mutti no le gustaba la idea de enviarlas a la parte sur de Breslau. Cuando *Oma* finalmente envió el dinero para los boletos, Mutti las dejó ir muy a su pesar.

Oma parecía más mayor de lo que recordaban, pero todavía seguía siendo una persona firme y estricta que decía lo que pensaba. "Su padre no enviará más dinero a su madre después de lo que ella hizo". *Oma* miró a Hella y Anita por encima de los anteojos como si ellas fueran las responsables de lo que supuestamente Mutti había hecho.

Las niñas estaban sentadas en silencio, sin saber nunca cuándo hablar en presencia de la abuela o cuando esperaba ella que permaneciesen calladas.

"No saben dónde está Vati, ¿verdad?". *Oma* sirvió el chocolate con su delicada tetera de Baviera que hacía juego con sus tazas de porcelana para chocolate.

"No". Hella colocó su servilleta sobre el regazo. "No hemos sabido nada de él".

"No me extraña. Está en la cárcel".

"¿En la cárcel?". Hella se levantó de un salto, y su servilleta cayó al suelo. Tomó a su abuela por el brazo. "¿Por qué, *Oma*? ¿Por qué está Vati en la cárcel? ¿Está bien? ¿Cuándo saldrá?".

"Pregúntenle a su madre".

Anita vio el enojo en la cara de la abuela. Le recordaba a Vati, cuando estaba decidido a algo. "Mutti no sabe nada de Vati. No ha tenido noticias suyas".

"Su madre llevó a Fritz ante las autoridades. Ella sabe perfectamente dónde está. Uno de los guardias de la prisión le contó a su padre que fue su madre la que testificó en contra suya. Eso fue lo que convenció a su padre para divorciarse definitivamente". *Oma* se cruzó de brazos.

"No, *Oma*", dijo Hella, "Mutti nunca haría eso. Ella incluso nos pidió que no mencionáramos a Vati por su propia seguridad". Hella volvió a sentarse y se las arregló para recoger la servilleta y ponerla de nuevo sobre sus rodillas sin quitarle la vista de encima a *Oma*.

Oma pareció tomar en consideración aquella posibilidad. "Quizá es un complot de los nazis para hacer que su padre abandone a su esposa judía…, pero no importa. Lo que está hecho, está hecho. Beban el chocolate. Es muy difícil de conseguir en estos tiempos".

Anita miró su chocolate. No había nada que le gustase más, y no lo había tomado desde hacía mucho tiempo, pero… "¿Vati está bien?".

"*Ja*. Ya conoces a tu padre. Siempre cae de pie. Le entregó el periódico a los nazis, y ahora ellos lo necesitan para entrenar a los nuevos. Creo que una vez que corte todos los lazos que lo unen a tu madre, será liberado".

Hella tomó un sorbo de chocolate, pero no dijo ni una palabra.

"Cuando su padre salga, pueden venir a verlo de vez en cuando aquí, en mi casa". *Oma* se sirvió una taza de chocolate y comenzó a hablarles a las niñas de su gato, sus achaques y sus vecinos.

Anita escuchaba sin decir nada. Sabía que Mutti no había traicionado a Vati, pero sabía que eso carecía de importancia. Las tres, de alguna manera, se las arreglarían sin su ayuda.

❧ ❧ ❧ ❧

Una de las primeras cosas que Mutti había hecho para aligerar la carga fue alquilar una habitación a una costurera alemana y otra a una chica trabajadora. Eso significaba que solo tenían una habitación para cocinar, comer y dormir. Por eso, Anita jugaba fuera siempre que tenía ocasión.

Aunque ya no bailaba ni hacía gimnasia, su cuerpo seguía siendo ágil y atlético. Saltaba a la cuerda durante más tiempo, corría más, y caminaba más rápido que la mayoría de sus amigos. Cuando el día estaba soleado, Anita jugaba.

Una tarde ella estaba sentada en el muro de piedra que había cerca de su apartamento, esperando a dos amigas del colegio. Esperar siempre la ponía nerviosa así que se subió al muro y comenzó a caminar por él, imaginando que era un acróbata como aquel ruso que había visto una vez en un libro.

"Bájate de ahí, *Judenfratz*". Un grupo de seis niñas se acercaron a ella.

Anita se acordó de lo que Mutti le había dicho. Con la cabeza baja y sin mirarlas, continuó caminando por el muro.

"¡Te he dicho que te bajes!". La chica mayor del grupo la agarró por una de sus coletas y, tirando con fuerza, la hizo bajar del muro. La aspereza de la piedra le raspó la pierna al caer.

Estas niñas no podían ser ignoradas. Cuando Anita miró hacia arriba, vio a seis chicas, incluidas sus dos amigas. Las dos apartaron la mirada.

"Deja de lloriquear, *Judenfratz*", la misma chica gritaba, mientras agarraba a Anita. Una de las vecinas de los Dittman dio la vuelta a la esquina cargada con una bolsa de comida. Cuando vio a Anita y a las chicas que la acosaban, la vecina miró hacia abajo y cruzó al otro lado de la calle.

Cuanto más intentaba Anita soltarse de la niña que la tenía agarrada, más la golpeaba ella. Las otras niñas le lanzaban también algún que otro puñetazo.

"Esto te enseñará a no jugar con los arios. Quédate con los de tu clase". La niña escupió en el suelo. "Y no pienses que se lo vas a contar a alguien. Somos miembros de las *Juventudes hitlerianas*. Si dices algo, haremos que arresten a tu madre. Y podemos hacerlo, ya lo sabes".

Anita no dijo nada. Sabía que podían hacerlo.

"Levántate y límpiate. Estás hecha un asco". La niña se echó a reír, y todas las demás se rieron también. Mientras se alejaban, iban burlándose y riéndose de Anita.

Le apetecía quedarse allí sin moverse, pero sabía que no tenía que atraer la atención. *Teddy... Jugaré con Teddy.* Se levantó, se sacudió la ropa y entró en la casa.

No todo el mundo era muy cruel. Había familias nazis en los apartamentos de alrededor, como la que vivía justo en el piso de arriba de las Dittman, pero también estaban otros como Frau Schmidt y los Menzel.

Frau Schmidt tenía una sonrisa que le arrugaba toda la cara. Lo mejor de ella era que parecía que siempre cocinaba demasiado. Muchas veces, llamaba a la puerta cuando era de noche con una cazuela de fideos entre dos paños de cocina o media barra de pan.

Mutti decía que conocer mujeres alemanas como Frau Schmidt le recordaba que no todo estaba perdido: "Niñas, acuérdense de Frau Schmidt cuando se sientan tentadas a pensar que todos los alemanes están de acuerdo con Hitler. Puede que no lo digan abiertamente, pero sus pequeños actos de bondad son mucho más valientes que una auténtica rebelión".

Los Menzel también vivían en el mismo bloque de apartamentos. Sus tres hijos todavía jugaban con Hella y Anita. Eran alemanes y católicos, sin embargo, a pesar del peligro que esto suponía para ellos, recibían a las judías Dittman en su casa y en su vida.

Una Semana Santa, Frau Menzel invitó a Anita a acompañar a la familia a misa. Anita ya había oído hablar de Jesús y de los cristianos. A pesar de la campaña de Hitler contra la religión, por alguna razón todavía no había prohibido la enseñanza religiosa en las escuelas. Anita iba a clase de religión una vez por semana y aprendía cosas sobre Dios y Jesús, la iglesia luterana y sus creencias.

A Mutti no le importaba. Hacía tiempo que había dejado atrás su fe judía. Cuando ella y Vati eran estudiantes, se puso de moda convertirse en ateo, como Vati: creer que Dios no existía; o ser teosofista como Mutti: creer que en todos los dioses había un poco de verdad. Así que a Mutti no le importó que Anita acompañara a los Menzel aquel Domingo de Pascua a misa: "Cuéntamelo todo cuando vuelvas a casa, Anita", le dijo, mientras recolocaba un mechón del pelo de Anita en su trenza.

De camino a la iglesia, Gunther Menzel iba primero. El nerviosismo de Anita le impedía permanecer detrás con sus hermanas, Ruth y Krista.

"Ve delante, Anita", dijo *Herr* Menzel. "Gunther y tú pueden llegar a la procesión primero.

Todos sabían que Anita y Gunther eran muy amigos por ser ambos de una edad similar. Además, como él le decía a menudo a Anita, ella podía correr, saltar y escalar tan bien como cualquier chico.

"¿Qué es una procesión?". A Anita le parecía que podía ser algo divertido.

"Te encantará", dijo Gunther. "El sacerdote nos lleva hacia la iglesia. Se coloca unas vestiduras blancas muy bonitas por ser Pascua. Después de misa, nos habla sobre la pasión".

"¿La pasión?"

Frau Menzel dijo: "Es la historia de la vida, muerte y resurrección de Jesús. Cuando entres en la iglesia, mira los vitrales. Cada uno de ellos cuenta una parte de la historia de la vida de Jesús. Ya verás".

"Me encantan las historias", dijo Anita y se fue saltando con Gunther.

Gunther no le había contado nada de la música. Cuando iban entrando con las personas en la iglesia, el sonido del órgano fue en aumento, y las notas parecían vibrar dentro del pecho de Anita. Muchos encendían velas. El olor a incienso mezclado con el olor a cera de las velas perfumaba toda la iglesia. A Anita le pareció otro mundo.

Antes de acercarse a sus sitios, los Menzel se arrodillaron. Anita no pudo evitar comparar el tranquilo acto de arrodillarse, con la cabeza inclinada, con el desafiante *"Heil Hitler"* que llenaba cada patio.

Cuando empezó la misa, muchas palabras le resultaron confusas a Anita.

"Es latín", susurró Gunther.

Cuando el sacerdote empezó a contar la vida de Jesús, Anita comprendió. Tal como había sugerido Frau Menzel, Anita siguió la historia a través de los vitrales, mientras el sacerdote hablaba. Con el sol brillando a través del cristal vivamente coloreado, las imágenes parecían cobrar vida. Algunas piezas estaban cortadas en forma de prismas y formaban arcos iris que se reflejaban en los bancos. La iglesia misma y los amigos de Anita parecieron desvanecerse, mientras ella escuchaba las palabras y veía las manos extendidas del Mesías. Al igual que las notas del órgano penetraban directamente en su pecho, el Jesús de las ventanas parecía entrar dentro de su corazón.

Cuando el sacerdote leyó un versículo que decía que el Padre celestial nunca nos desampararía ni nos dejaría, Anita en cierta manera sintió que Él era su Padre. Por primera vez, se sintió protegida y entendida. Miró las manos de Jesús en la ventana de la Resurrección. *Conozco mejor estas manos que las de Vati. Jesús me protegerá.* Ella sabía que era así.

De camino a casa, Anita ya no iba dando saltos. No es que no se sintiese feliz; es que se sentía tan llena, que todo lo que podía hacer era respirar profundamente. ¡Sentía mucha paz!

❧ ❧ ❧ ❧

"Anita, ¿te gustó la misa?". Mutti colocó tres huevos cocidos sobre la mesa. Las dos mujeres que tenían alquiladas las habitaciones se habían ido a sus casas por Pascua.

"Oh, Mutti…". Anita se detuvo intentando encontrar las palabras. "Cuando escuchaba el sermón y miraba los hermosos vitrales, el Jesús de la historia salió directamente de la ventana y entró en mi corazón".

"Mutti, no la dejes decir esas tonterías", dijo Hella. "Cuanto más crece ella, más crece su imaginación".

"Sucedió así". Anita sabía que no había ocurrido realmente así. El vitral estaba hecho de cristal y plomo. Sabía que el Jesús representado allí no había entrado en su corazón, pero también sabía que, de alguna manera, sí había sucedido. "No puedo explicarlo".

"La religión a menudo está llena de misterio", dijo Mutti.

"Pero no es religión. No sé cómo decirlo". Anita intentaba

encontrar las palabras. "No tengo palabras para explicarlo, pero sé que algo sucedió".

"Tienes el don de la imaginación, Anita. Estoy segura de que crees que ha ocurrido algo". Mutti tendió un pequeño regalo a cada una de las niñas. "La nuestra probablemente sea la única casa judía que esté celebrando la Pascua, pero Frau Schmidt les mandó estas dos tarjetas de pollitos".

Los pollitos estaban grabados en un trozo de cartón de color brillante. Anita dio la vuelta a su figura para ver el reverso de la tarjeta. ¡Qué día tan bonito!

Aquella noche, mientras estaba acostada junto a Hella, se puso de lado mirando hacia donde estaba Teddy: "Mira, Teddy, ¿has visto este pollito de Pascua? Ha sido una Pascua maravillosa". Alargó la mano y acarició la pata de peluche zurcida. "No solo por el regalo, sino porque hoy conocí a Jesús. Mutti y Hella no lo creen, pero sé que es verdad". Dejó la tarjeta del pollito sobre el regazo de Teddy y se tendió de espaldas en la cama. *Sí, ahora tengo un Padre que nunca me desamparará ni me dejará.*

4

Paz en medio del caos

"Mutti". Hella entró en la habitación, en su voz se notaba la excitación. "Hoy me he enterado de que si Anita aprueba el examen de ingreso, puede asistir a clase en Bethany gratis.

"No", dijo Mutti, "eso no puede ser verdad". Agitó la cabeza. "Tu padre está de acuerdo en pagar tus clases, pero no me he atrevido a pedir que pague también las de Anita".

Anita casi no podía respirar. Odiaba el colegio. Mutti se las había arreglado para arañar el dinero suficiente como para pagar la tarifa para que Anita pudiese ir a la escuela pública, pero como era la única no aria de la clase, los profesores disfrutaban poniéndola en ridículo ante todos sus compañeros. Cada año que pasaba, la escuela se hacía más insoportable. Cuando Gunther todavía iba, se reunía con ella en el patio y le tomaba el pelo para animarla. Ahora, con diez años, finalmente había terminado la escuela primaria.

"He estado muy preocupada pensando dónde mandar a Anita a la escuela secundaria. ¿Crees que eso es cierto, Hella?".

"*Ja*, Mutti. Me dieron esta nota para que la trajese a casa. Dice cuándo puede hacer Anita los exámenes".

Exámenes. A Anita se le secó la boca, y se le apretó el estómago.

"Una de mis amigas tiene una hermana de la edad de Anita. Le pediré prestados los libros el fin de semana, y Anita podrá estudiar". Hella se volvió hacia su hermana. "Puedes hacerlo. Sé que puedes".

Sus palabras animaron a Anita. Ojalá pudiera hacerlo. La idea de asistir a una escuela que admitiera judíos y se negaba a apoyar el régimen nazi parecía demasiado buena para ser verdad.

Desde que Hitler había llegado al poder, cada día aparecían problemas nuevos para los judíos y para todo aquel que no siguiera las directrices nazis. Anita recordaba el día en que la noticia de la muerte del presidente von Hindenburg llegó a través de la radio. Mutti solía decir que el anciano presidente era el único escudo que separaba a Hitler de los judíos. Cuando murió en 1934, toda posible oposición a Hitler murió con él. Cuando Mutti escuchó la noticia, se echó sobre la mesa, puso la cabeza sobre las manos y lloró. Hella se sentó a su lado, acariciándole la espalda y murmurando el mismo tipo de palabras que Mutti había utilizado para consolarlas a ellas cuando eran pequeñas.

Ahora Anita se fue a su esquina con Teddy y oró una frase que había oído en misa: "Padre, cúbrenos con la sombra de tu mano". Le gustaba la idea de enroscarse en su esquina, cobijada por la mano de Dios.

Cada periodo de crisis parecía ir seguido por un periodo de calma relativa. Anita a menudo se preguntaba cómo podía la vida seguir adelante con toda la agitación existente. Sin embargo, era así. Algunos días casi hasta se olvidaban del fatal destino que pendía sobre el país. Cuando Anita oyó que había aprobado los exámenes y que tenía una beca completa para la escuela luterana Bethany, tuvo que refrenarse para no salir calle abajo bailando.

"Hagan todos los deberes hoy". Mutti limpiaba la habitación, mientras Anita y Hella estaban tendidas en la cama estudiando. "Mañana vamos a tomar el tranvía a Breslau para ir a la iglesia".

"¿A la iglesia?". Ambas niñas pronunciaron la palabra a la vez; la pregunta de Hella incluía un tono de incredulidad.

"Sí, a la iglesia". Mutti empezó a limpiar el polvo del armario de madera. "Vamos a ir a la de Santa Bárbara. Unos amigos judíos me han dicho que el pastor, creo que se llama pastor Hornig, simpatiza con los judíos y trabaja con una organización que consigue visas y pasaportes para los judíos".

La decepción pasó por la cara de Anita durante un momento. Al principio pensaba que Mutti había decidido ir a la iglesia a buscar a Dios, no a buscar ayuda para escapar. *¿Qué importa? Iré a la iglesia, no importa cuál sea la razón.* Anita ansiaba que llegase mañana.

"¿Vamos a intentar irnos de Alemania?". Hella parecía asustada.

"*Ja*. Si podemos, lo haremos", asintió Mutti con la cabeza. "Ya sé que no tenemos dinero, pero tengo entendido que esta organización también ayuda a pagar el traslado".

"¿Y Vati? ¿Vamos a dejarlo?", preguntó Hella.

"Ahora que es nazi y se ha vuelto a casar con una aria, ya no está en peligro, Hella. La situación empeora día a día aquí en Alemania. Las nubes de guerra se van acercando. Ahora mismo las tropas nazis están entrando en Austria".

"Pero seguramente nosotras estamos a salvo", argumentó Hella. "Como tú te casaste con un ario y no eres una judía religiosa, no tendrás problemas, ¿no? Y nosotras somos medio arias".

"Hasta ahora así parece, pero la situación cambia a diario. Puede que llegue un momento en el que Hitler decida que nosotras también somos lo suficientemente judías para su ira. ¿Qué pasa si para cuando llegue ese momento ya es demasiado tarde para huir?".

Anita cerró el libro y tomó a Teddy en brazos. Puede que tuviera ya diez años, pero seguía queriendo a Teddy. Tenía otros ositos, el más nuevo era Steiff, luego estaba Petzie y uno pequeñito que se llamaba Pimmie, pero Teddy era al que ella quería. Tenía las costuras descosidas, y Mutti había zurcido sus patas en más de una ocasión. La piel prácticamente se le caía a trozos, pero seguía teniendo una cara muy amable. Había algo en él que todavía era capaz de reconfortar a Anita cuando las cosas se ponían feas. La idea de dejar Alemania hizo que le doliera el estómago.

A la mañana siguiente, se levantaron temprano y tomaron el tranvía antes de que la mayoría de los habitantes de Breslau se hubieran levantado. Bajaron en la parada más próxima y caminaron hasta la iglesia luterana de Santa Bárbara.

"¡Qué iglesia tan bonita!". A Anita le gustó la antigua iglesia de piedra con su alto campanario y sus empinados tejados. El interior casi la dejó sin aliento. Los techos en forma de bóveda ascendían muy por encima del suelo de piedra. La luz del sol entraba por las ventanas en forma de arco.

"Tienes razón, Anita. Esta iglesia es preciosa", dijo Mutti con voz susurrante.

Los cánticos, las lecturas, el sermón... todo hizo que Anita se sintiera como si realmente hubiera llegado a casa. Miraba a Mutti y veía que ella escuchaba con atención. Hella estaba sentada tranquilamente, pero Anita podía notar que su atención iba y venía.

Después del servicio, el pastor vino a presentarse. "Bienvenidas. Soy el pastor Ernst Hornig.

"Soy Hilde Dittman, y estas son mis hijas, Hella y Anita. Soy judía, aunque mi esposo, no". Mutti esperó a ver su reacción.

"Son bienvenidas a Santa Bárbara. El Señor parece estar enviándonos muchos de su pueblo —el pastor Hornig se echó a reír—. Estamos encantados de que Él nos confíe a sus elegidos".

A Anita ya le gustaba ese hombre. La manera en que se inclinaba al hablar con las personas le recordaba los vitrales de la iglesia de los Menzel que mostraban a Jesús alimentando a sus seguidores. Puede que fuera esa la razón por la cual el pastor Hornig le resultaba familiar.

Mutti habló con él sobre pasaportes y visas, y él prometió ir a visitarlas pronto para poder hablar durante más tiempo.

Y fue fiel a su palabra. Vino a visitarlas, no una vez, sino muchas veces. Empezó a trabajar para conseguir documentos que les permitieran salir de Alemania; y las cosas parecían prometedoras. Durante sus visitas, Anita averiguó que él y su esposa tenían seis hijos. A él le gustaba hablar de su familia y de la iglesia, pero incluso más le gustaba hablar del Señor.

"¿Conoces al Señor, Anita?". Mutti y Hella todavía no habían llegado a casa, y mientras esperaban por Mutti, él hablaba con Anita.

Ella le contó la historia de los vitrales. "Jesús entró en mi corazón ese día, pero no sé mucho sobre Él".

"Bueno, entonces es bueno que yo haya traído hoy estos regalos", dijo él. Le entregó un paquete envuelto en papel marrón y atado con una cuerda delgada. "¡Ábrelo!".

Anita desenvolvió el paquete. Hacía mucho tiempo que no recibía un regalo. Dentro había tres biblias nuevas. "¿Para mí?".

"Todas no —rió él—. Una para ti, una para tu madre y una para Hella. ¿Te gusta el regalo?".

Anita pasó las manos por la encuadernación. "Desde luego que sí. Muchísimo. La leeré todos los días".

"No solo quiero que la leas, quiero que intentes memorizar partes de ella. Puede que en algún momento no tengamos una Biblia cerca".

Mutti y Hella entraron en ese momento.

"¡Mira! El pastor Hornig nos ha traído una Biblia".

Mutti tomó la suya. "¿Cómo podremos agradecerle todo lo que hace? Cuanto más lo conozco, más cuenta me doy del sacrificio que hace por nosotras y por otros judíos. No solo financieramente, aunque sé que estas biblias no han sido baratas". Mutti abrió la suya. "Usted conoce el riesgo que corren usted y su familia siendo amigos de los judíos, ¿no?".

"Claro que lo sé. Ya me han puesto en la *lista negra*, pero el Señor sigue protegiéndome. Dios no nos llama para una fe fácil. Muchos en la iglesia se han rendido y han permitido que Hitler dirija sus púlpitos". El pastor Hornig agitó la cabeza. "No estoy solo. Somos varios. Nos llamamos a nosotros mismos la Iglesia Confesante y estamos comprometidos a seguir a Cristo, no importa cuál sea el precio".

"La primera vez que vine a su iglesia fue por la posibilidad de conseguir ayuda para salir de Alemania… y aprecio la ayuda que me ha ofrecido". Mutti se sentó enfrente del pastor. "Lo que he encontrado es mucho más valioso. He encontrado una fe en la que finalmente puedo confiar".

El pastor Hornig inclinó la cabeza y esperó a que ella siguiera hablando.

"Al principio lo observaba, preguntándome por qué usted hacía lo que hacía, pero no tardé mucho en ver que usted siempre señalaba hacia Jesús. Me di cuenta de que no podía hacer lo que hacía sin Él. Yo también quiero tener ese tipo de fe".

Anita no se había movido, pero esas eran las palabras que tanto había deseado escuchar. Miró a Hella para ver si ella se sentía de la misma manera, pero estaba entretenida alrededor de la tetera caliente.

"Hilde, todo lo que tienes que hacer es confesar tu pecado y pedir al Salvador que te limpie. Él hará el resto".

Y Mutti lo hizo en ese momento y en ese lugar.

La iglesia se convirtió en el centro de sus vidas. A pesar de que el clima político empeoraba, y la guerra se hacía inminente, Anita sentía una paz que nunca antes había sentido. Mutti parecía sentir lo mismo.

Asistir a la escuela de Bethany se convirtió en otro motivo de felicidad. Las diaconisas daban las clases. Eran amables y justas, y no parecían darse cuenta de si una estudiante era aria o judía. No se pronunciaba ni un solo *"Heil* Hitler" en la escuela, y ninguna de las estudiantes pertenecía a las *Juventudes hitlerianas*. Por primera vez en su vida, a Anita le preocupaban cosas como la ropa, los deportes y los amigos. La Escuela Luterana Bethany era como una isla de calma en medio de un mar de caos. Por alguna razón, Hitler todavía no se había acercado a las escuelas *parroquiales*, aunque había anunciado su intención de hacerlo. Anita suponía que todavía no se lo había propuesto seriamente.

Un día Anita se quedó hasta tarde en el colegio. Cuando iba de camino a casa sola, vio a alguien que corría hacia ella en la distancia. Parecía Hella. Cuando la figura se fue acercando, el estómago de Anita empezó a dolerle. El pánico se reflejaba en la cara de su hermana.

"¡A casa, rápido!". Hella agarró la mano de Anita. "¡Han arrestado a Mutti!".

¿Mutti arrestada? ¿Cómo podía ser eso? Anita echó a correr. No le importaba llamar la atención sobre sí misma. ¿Cómo iba a vivir sin Mutti?

Cuando llegaron al apartamento, Anita no lo podía creer. Todos los armarios estaban abiertos, y todo su contenido, tirado por el suelo. "¿Qué estaban buscando?".

"No lo sé. Según Frau Schmidt, vino la *Gestapo*. Al principio buscaban algo incriminatorio, pero cuando no pudieron encontrar nada, acusaron a Mutti de 'deshonrar la raza'". Hella se sentó en el suelo en medio de todo aquel desorden. "Frau Schmidt dice que alguien les contó a los nazis que Vati había estado con Mutti anoche. Los arios no deben 'confraternizar' con los judíos; ahora es un delito".

Anita automáticamente tomó a Teddy en sus brazos. "Pero no hemos visto a Vati. Es una mentira".

"Eso es lo más triste. Los cargos no tienen por qué ser ciertos".

"¿Qué le pasará a Mutti?".

"No lo sé. Si los cargos son desestimados, puede que esté en casa esta noche". Hella no dijo nada más, pero Anita se dio cuenta de lo importante que era ese "si".

Las chicas empezaron a limpiar el apartamento y a colocar todas las cosas en su sitio. Sus huéspedes hacía tiempo que se habían ido porque ahora en Alemania era peligroso vivir con una familia judía. Eso significaba que las chicas podían hablar con libertad. Cuando toda la habitación estuvo limpia, lo único que quedaba por hacer era esperar. El sonido del *tictac* del reloj les recordaba que la noche iba pasando.

Anita oraba mientras esperaba. Repetía el versículo de Isaías que había oído por primera vez en la misa con Gunther. El pastor Hornig lo consideraba una promesa a los judíos: "Y en tu boca he puesto mis palabras, y con la sombra de mi mano te cubrí, extendiendo los cielos y echando los cimientos de la tierra, y diciendo a Sión: Pueblo mío eres tú". Repitió este versículo muchas veces, mientras esperaba.

Finalmente, cuando parecía que ya era demasiado tarde para esperar una liberación, escucharon el suave sonido de unos pasos al otro lado de la puerta del recibidor.

"¡Mutti!". Las dos chicas se abrazaron a ella al mismo tiempo.

"Déjenme que entre en casa, chicas". Parecía agotada.

"Esta vez me han liberado de los falsos cargos, pero me han puesto en la *lista negra*. Me estarán vigilando de ahora en adelante". Mutti suspiró. "En realidad todas seremos vigiladas".

Hella le sirvió a Mutti una taza de una cosa que ellas llamaban café; en realidad estaba hecho de cereales, pero estaba caliente y era relajante.

"Oremos y demos gracias a Dios por mi liberación, aunque sea temporal". Mutti inclinó la cabeza y comenzó a orar: "...y Señor haz que se den prisa los papeles que necesitamos para salir de Alemania antes de que sea demasiado tarde". Sin embargo, en lugar de terminar con esta petición, añadió: "No se haga mi voluntad sino la tuya. Amén".

Anita casi se estaba quedando dormida mientras oraban, pero en silencio añadió también: ...*y continúa manteniéndonos a salvo a la sombra de tu mano.*

5

Fragmentos despedazados

"Hilde".

Anita escuchó el susurro del nombre, seguido de una apenas audible llamada a la puerta. "Entra", dijo ella, al reconocer la voz de su amiga.

Frau Schmidt entró rápido por la puerta. Su pelo estaba alborotado como si hubiera llegado allí corriendo. Miró de una pasada a Anita y se dirigió directamente a Mutti. "Están quemando las *sinagogas* y rompiendo las ventanas de todos los negocios que todavía están en manos de judíos". Su pecho se deshinchaba cuando ella se encorvaba como si estuviese protegiéndose el corazón. "*Mein Gott*. Que Él proteja a sus hijos en esta noche".

"Gracias por contárnoslo, Frau Schmidt. Pondré la radio". Mutti rodeó a su amiga con el brazo. "Debes irte. Es muy peligroso para ti estar aquí. Si alguien sospecha que estás ayudando a un judío, te castigarán de inmediato".

"¿Cómo pueden quedarse de brazos cruzados los cristianos? Ya sabes que yo las ocultaría si fuese necesario".

"No debes decir esas cosas. Te arriesgas demasiado. Los

oídos y los ojos de Hitler están por todas partes, incluso en nuestro edificio", Mutti se retorcía las manos. "Se jactan de que Breslau es una de las ciudades más nazis de Alemania. Debes tener mucho cuidado".

"No salgas. No dejes que las niñas vayan al colegio. Desde que te incluyeron en la *lista negra*, me preocupas mucho". Frau Schmidt besó a Mutti y se fue.

Cuando su amiga se fue, Hella encendió la radio. Cuando movió el dial, el ruido y los chirridos de la estática subieron y bajaron hasta que Mutti encontró una emisora con una señal fuerte: "…y esta será una noche para recordar. Algunos ya la están llamando *Kristallnacht*, la noche de los cristales rotos. Aparentemente, los actos de esta noche suponen un ataque muy bien coordinado por los nazis de toda Alemania en represalia por el asesinato del embajador alemán en Paris, Ernst von Rath, por un joven judío".

El locutor siguió hablando, parecía que estaba retransmitiendo un animado acontecimiento deportivo en lugar de relatar los hechos de una noche de horror.

"Frau Schmidt tiene razón", dijo Mutti. "Debemos quedarnos en casa. Hella, echa un vistazo entre las cortinas para ver qué está sucediendo a nuestro alrededor. Ten cuidado y no las muevas por si nos están vigilando".

La radio alternaba las noticias con música patriótica nazi: "…Se está interrogando a los judíos por todo el país…".

"Mutti, ¿podemos orar? Tengo miedo. No solo por nosotras, por todo el mundo". Anita se abrazaba el estómago intentando dejar de temblar.

"¿Podemos dejar de hablar de Dios, por favor?". Hella se puso las manos en los oídos. "Nuestro mundo se está despedazando. Si Dios existiera realmente, ¿cómo iba a dejar que pasaran estas cosas?".

"Querido Dios que estás en el cielo", murmuró Mutti, "estamos asustadas, tristes y llenas de dudas. Toca nuestros corazones. Cálmanos y cuida de nosotras. Cuida de todos los alemanes: los que se enfrentan a la muerte y los que intentan enfrentarse a sus miedos".

Mientras Mutti oraba, Anita empezó a llorar. Al principio sus lágrimas eran por todos los que se habían enfrentado a los nazis aquella noche. Pronto fueron por sus propios temores y pérdidas. Podía oír llorar a Hella también.

"...gracias por los que nos ayudan, como Frau Schmidt, el pastor Hornig y los Menzel. Protégenos, protégelos y libra a nuestra tierra de este calamidad. Amén".

Cuando la oración terminó, y las lágrimas de Anita se detuvieron, se sintió en cierta manera revitalizada. Sus manos dejaron de temblar.

Se prepararon para una larga noche de espera.

La espera se alargó durante cinco días hasta que la ofensiva terminó. Durante esos días, las horas iban marcadas por el olor a humo y los sonidos de los cristales al romperse, el ruido de pesadas botas que corrían por la calle, puños que golpeaban las puertas, y los sollozos, siempre los sollozos.

Una vez que el sonido de las sirenas se detuvo por fin, se empezaron a escuchar cosas de los judíos que vivían alrededor. Se habían llevado a muchas personas de sus casas. A algunos hombres mayores los habían sacado arrastrándolos por la barba delante de sus familias.

Los mensajes de odio continuaban en la radio. Los locutores se jactaban de que pronto Alemania sería *Judenrein*, completamente libre de judíos.

"¿Cómo harán eso, Mutti?". Anita no podía imaginarse dónde podrían irse todos los judíos. "¿Permitiría Hitler que escapasen todos a Inglaterra?".

"Has oído hablar de los campos de concentración, ¿verdad?", preguntó Mutti.

"Sí".

"Así empieza todo. Parece que están trasladando y reuniendo cada vez más personas allí. Hasta que Hitler proponga la solución final, no sabemos qué pasará".

A Anita no le gustaban las mudanzas. Todavía recordaba cuando tuvieron que mudarse desde su casa a este pequeño apartamento. Su mundo se había puesto patas arriba.

"El periódico publica informes nuevos cada día de ciudades declaradas *Judenrein*", suspiró Mutti. "Me pregunto cuánto tardará Hella en volver con el correo. Espero que nuestros pasaportes y visas estén allí".

Hella regresó. No había ni visas ni pasaportes en el correo. El pastor Hornig le había asegurado a Mutti que la documentación podía llegar en cualquier momento. Cuando los documentos llegaran, prometió, la iglesia de Santa Bárbara las ayudaría con los gastos del viaje y el traslado.

La carta que recibieron no era la que estaban esperando. Mutti estaba fuera cuando la noticia llegó, así que la dejaron sobre la mesa hasta que ella regresó. Anita y Hella acababan de llegar del colegio. Anita abrió su libro para empezar a hacer los deberes, pero la carta que había sobre la mesa parecía como una presencia malvada en la habitación. Sin ni siquiera mirarla de cerca, sabía que era de la *Gestapo*.

¿Qué podría significar esa carta? ¿Sería sobre Vati? Seguramente si decidían llevarse a Mutti, las *SS* aparecerían en la puerta con la orden en la mano. ¿Sería sobre ella? ¿Sobre Hella? Cerró el libro de nuevo. No tenía sentido intentar hacer geometría. Sin pensar, alargó la mano buscando a Teddy y lo puso en su regazo. Apoyó la cara en su pelo, aspirando el olor de su niñez. Incluso se podía imaginar el olor a resina del piso del estudio de Madam. ¡Cuánto había cambiado la vida! Y notaba que estaba a punto de volver a cambiar.

"¿A qué vienen esas caras tan largas?", Mutti entró y dejó sus cosas encima de una silla. "¿Pasó algo en el colegio?".

"*Nein*, Mutti". Hella señaló la carta que había encima de la mesa.

Mutti recogió el sobre. Su respiración se hizo más rápida, y el color de sus mejillas desapareció. Con manos temblorosas, abrió el sobre y leyó en voz alta: "Frau Dittman. Debe dejar su apartamento de Zimpel y trasladarse a una residencia en un barrio judío, en el número 1298 de la calle Van Duesen, donde se le ha proporcionado alojamiento para usted y su familia. Tiene veinte días para cumplir con esta orden".

Y así empieza todo. Anita recordó las palabras de Mutti sobre el traslado de los judíos. Este era el paso número uno, el gueto. Reunir a todos los judíos en un mismo lugar.

"Conozco esta dirección", dijo Mutti. "Esta justo en el centro de Breslau".

"¿Iremos a Bethany en el tranvía?", preguntó Hella.

"Mientras siga abierta. Hace casi un año que Hitler

prometió cerrar las escuelas *parroquiales*. Pero de momento siguen abiertas. Ya veremos cómo hacemos para conseguir dinero para los boletos".

"Estaremos lejos de la escuela", dijo Anita, "pero muy cerca de la iglesia".

No le gustaba nada tener que trasladarse, pero la carta podría haber traído noticias mucho peores. En la *lista negra* oficial de la *Gestapo*, todavía estaba el nombre de Hilde Dittman.

"*Ja*, eso es cierto", dijo Mutti. "Ahorraremos el dinero del tranvía de los domingos. E incluso podemos ir a la iglesia entre semana".

Anita miró a Hella. Ya casi nunca sonreía últimamente. Quizá era porque tenía ya diecisiete años, y su niñez prácticamente se había acabado. Solían pensar en cómo serían las cosas cuando crecieran: bailar, novios, viajar, un círculo enorme de amigos. Ninguno de esos sueños se había cumplido. Ahora tenían que mudarse de su pequeño apartamento en Zimpel a otro todavía más pequeño en un edificio de color *marrón rojizo* lleno de corrientes de aire e infestado de ratas.

"Hella, ¿estás bien?". Mutti miró preocupada a su hija mayor.

"No sé cuántos cambios más podré soportar". Hella parecía agotada. "Anita y tú tienen su fe, que parece ayudarlas a mantenerse firmes". Se pasó la mano por su largo cabello. "Yo soy como Vati. No soporto ese rollo religioso".

"Eso le pasa a muchos", dijo Mutti. "Todo lo que tienes que hacer es darle una oportunidad a Dios y pedirle que te muestre la verdad. Mantén tu escepticismo. Él contestará a todas tus dudas honestas. El Señor sabe lo escéptica que era yo cuando lo encontré".

Hella se frotó el pie contra la pantorrilla. "¿Cuándo tenemos que empezar a empaquetar?".

"Esta vez tendremos que vender la mayor parte de las cosas", dijo Mutti en voz baja. Sabía que las niñas ya habían renunciado a demasiadas cosas.

"Oh, Mutti…, no. Esto es lo último que nos queda de nuestra vida con Vati". Hella pasó la mano por la superficie pulida de un armario de madera.

"No se puede hacer nada. No tenemos dinero para pagar a unos mozos de mudanzas. Además es mejor que saquemos algo de dinero de la venta de nuestras cosas y no que se las quede la *Gestapo*".

Mutti no explicó por qué creía ella que la *Gestapo* podría llevarse sus cosas, pero Anita sabía que sus pensamientos iban un paso por delante.

"Hella, tienes que vender tus libros. Puedes llevarte tus cosas y algunos objetos personales". Mutti rodeó a su hija con el brazo. "Sé que es duro, pero hay familias que están mucho peor. Piensa en todos nuestros amigos que no saben nada de sus seres queridos desde que se los llevaron en la *Kristallnacht*".

Mutti a menudo hablaba de aquellos que estaban peor. Cuando eran pequeñas, las niñas solían poner los ojos en blanco cuando Mutti hablaba de esas cosas. Ahora sabían de verdad lo que significaban sus palabras, aunque eso no ayudaba demasiado cuando se estaban enfrentando a una nueva pérdida.

"Anita, tú ya eres casi una jovencita, tienes doce años. Te

puedes llevar a tu nuevo osito, Petzie y al pequeño Pimmie, pero debes deshacerte de Teddy".

Anita casi no podía hablar. *¿Teddy? ¿Por qué Teddy?*

"Está muy estropeado, ya no puedo zurcirle más las patas. Las costuras están deshilachadas, y es cuestión de tiempo para que se haga jirones. Si no fuese tan grande, te dejaría que te lo quedaras por motivos sentimentales, pero es casi tan grande como un bebé. No importa cuánto me gustaría que las cosas fueran diferentes, pero lo cierto es que no tenemos demasiado espacio".

Anita se rodeó el estómago con los brazos. Mutti había renunciado ya a mucho, y Hella tenía que dejar sus libros, ¿qué podía decir ella? Evitó mirar hacia la cama donde estaba Teddy. "¿Puedo esperar hasta el último día?".

"*Ja*", dijo Mutti abrazando a Anita.

Cuando vendieron el mobiliario y los tesoros familiares, Anita sintió de nuevo esa sensación de pérdida. Se decía a sí misma que solo eran objetos y que las personas eran más importantes, pero no podía evitar sentir pena por cada cosa que salía por la puerta. Miró a Teddy. Parecía representar toda su niñez. Y pronto habría desaparecido también.

Déjalo ya, Anita. Son solo cosas. La mayoría de las familias de alrededor están sufriendo por la pérdida de personas. ¿Cómo puedes preocuparte por los muebles y por un andrajoso Teddy? Después de todo, la pobreza no era nada nuevo para las Dittman. Desde el momento en que Vati se fue, Mutti y las niñas vivieron el día a día. Si no hubiera sido por la amabilidad de los vecinos y del pastor Hornig, habrían pasado hambre a menudo. El estómago de Anita gruñía constantemente, pero como muchas de sus compañeras de clase tenían el mismo problema, habían aprendido a reírse del coro que formaban los ruidos de sus estómagos.

Una noche, pocos días antes de abandonar el apartamento, Mutti abrió la puerta ante una indecisa llamada. Anita miró esperando ver a uno de sus vecinos, pero en su lugar había una vendedora de hilos que no llegaba al metro de alto: una enana. Iba vestida de harapos y tenía aspecto de estar muriéndose de hambre.

"Entre, entre", dijo Mutti, conduciendo a la agotada mujer hasta la única silla que quedaba en la casa. "¿Le apetece un tazón de sopa?".

Hella alzó la vista desde el suelo donde estaba sentada haciendo los deberes. Por su mirada, Anita pudo ver que Hella no se lo podía creer que Mutti le estuviera ofreciendo comida a aquella mujer. Ellas habían comido solo media taza de sopa aquella noche para reservar la otra media para el día siguiente.

"Gracias. ¿Está segura de que tiene suficiente?". La mujer alzó las cejas y pareció suspirar ante el olor de la sopa que todavía permanecía en el aire.

"Sí, nos sobró de la cena". Mutti giró hacia Anita. "¿Podrías calentarle un buen tazón de sopa a nuestra invitada?".

Anita se levantó y obedeció, pero no pudo evitar pensar en qué comerían ellas al día siguiente. Con el traslado al gueto a finales de semana, necesitarían estar lo más fuertes posible. Además, en los menguados días de diciembre, el viento soplaba con fuerza. Anita se había dado cuenta de que cuanto menos se comía, más difícil era mantener el calor del cuerpo.

"¿Me podría enseñar los hilos que lleva?". Mutti esperó, mientras la mujer sacaba seis bobinas de hilo. "Quisiera comprarle esta bobina de algodón". Mutti le dio cinco céntimos por la bobina, y las niñas continuaron calladas.

Cuando la vendedora hubo comido y metido las bobinas de hilo de nuevo en su bolsa, Mutti abrió un cajón. "Tengo un par de guantes que no me voy a poder llevar en la mudanza". Sacó su único par de guantes y se los dio a la mujer. "¿Los quiere?".

"*Ja*. Dios la bendiga". La voz de la mujer temblaba. "¡Que Dios las bendiga a todas!".

Mutti acompañó a la mujer hasta la puerta y se volvió para enfrentarse a sus hijas. "No digan nada. Ya sé que no tenemos nada. Lo único que Hitler odia más que a los judíos es a las personas como ella. Cualquier persona que sea especial, porque esté impedida o deformada de alguna manera, sentirá caer sobre ella todo el peso del odio nazi".

Mutti se agachó junto a Hella en el piso y extendió el brazo hacia Anita para unirla a ellas. "Cuando abrí la puerta y la vi allí, me sentí impulsada a ofrecerle mi ayuda. Puede sonar extraño, especialmente a ti, Hella, pero es que sentí que Dios me decía que diera de comer a esa mujer y cuidara de ella. El versículo de la Biblia que me vino a la mente fue ese que dice: 'Porque tuve hambre, y me disteis de comer; tuve sed, y me disteis de beber; fui forastero, y me recogisteis'".

Hella suspiró. "Me gustaría poder creer como Anita y tú, pero todo lo que sé es que estos son tiempos duros y me da miedo pensar si habrá o no comida la próxima vez".

Anita no dijo nada. Al igual que Mutti, ella creía en Dios; pero también se preocupaba como Hella. *¿Le pasa algo a mi fe?*

"Soy nueva en esto de escuchar la voz de Dios", dijo Mutti jugueteando con una de las trenzas de Anita. "A lo mejor solo se trataba de mi propia piedad. Pronto lo sabremos. Si era Dios el que me pidió que la ayudara, Él reemplazará lo que hemos dado y nos dará más".

No tardaron mucho tiempo en averiguarlo. Al día siguiente, Frau Schmidt trajo comida: una cazuela de sabrosa sopa, pan caliente recién salido del horno y fruta. ¿Cuánto tiempo hacía que no comían fruta? Había suficiente comida para varias veces. Después de dar las gracias a su amiga, Mutti alzó los ojos al cielo y dio gracias en silencio.

Al día siguiente, alguien pasó por el apartamento para ver las últimas cosas que quedaban en él. Ofreció un precio justo por todo, pero cuando se acercó a la silla en la cual había estado sentada la vendedora, ofreció el doble de lo que valía. Mutti sonrió, mientras el hombre le entregaba el dinero. Cuando se fue, ella dijo: "Ya tengo mi respuesta. ¿Y ustedes?".

Hella solo sonrió y movió la cabeza como si cuestionase el estado mental de Mutti.

Mutti sonrió. "Doy las gracias porque estoy convencida de que en los próximos meses, o años, podremos confiar cada vez más en la provisión de Dios y en su protección. Cada vez que me sienta tentada a cuestionar su mano sobre nuestras vidas, pensaré en este día".

Cuando el último día en Zimpel llegó a su fin, Anita sabía que todavía le quedaba una última tarea. Antes de que se despertara nadie, tomó a Teddy y lo bajó por las escaleras hasta el sótano. Mutti tenía razón; Teddy estaba demasiado harapiento para poder venderlo. De hecho, hacía mucho tiempo que lo estaba. Pero siempre había tenido esa carita tan agradable, y a pesar de estar desgastado, su expresión no había cambiado. Anita movió un poco la cabeza. No importaba. Tendría que esperar entre el montón de trapos en el sótano hasta que el trapero viniese.

Cuando lo colocó sobre la pila de ropa, Anita recordó la historia de Abraham y el sacrificio de su hijo Isaac. Deseaba que Dios proporcionase un sacrificio que sustituyese a Teddy al igual que había hecho con Isaac, pero sabía que eso eran tonterías. Apenarse por un juguete, cuando se estaban deshaciendo de las personas a su alrededor, en cierta manera, parecía un pecado.

Mientras subía las escaleras, volvió la vista y vio la familiar mirada que la observaba. Él había sido su consuelo y su confidente. *Adiós Teddy. Nunca te olvidaré.*

6

Auf Wiedersehen

"Hella, ¿no te resulta increíble que, aunque nuestra vida cambie drásticamente, parece que nosotras siempre volvemos a la rutina?". Anita estaba sentada al lado de su hermana en el tranvía de regreso de la escuela.

"Lo sé. A veces creo que una persona se puede acostumbrar a cualquier cosa. Me hace pensar en las ranas. Si pones una rana en una olla de agua hirviendo, saltará fuera".

"*Agg*, ¡qué pensamiento más desagradable!"

"Solo estaba haciendo una observación, tonta", dijo Hella moviendo la cabeza, un movimiento que últimamente hacía mucho. A los diecisiete se la consideraba toda una belleza. Llevaba el cabello peinado hacia un lado en una melena larga y brillante, y cuando movía la cabeza, siempre atraía la atención. "¿Quieres escuchar o no?".

"Lo siento".

"Si pones una rana en una olla de agua fría y la vas calentando despacio, la temperatura se eleva poco a poco, y la rana no se da cuenta de que está metida en agua caliente hasta que está hervida".

Anita hizo una mueca.

"A veces creo que somos como ranas. Mientras nuestros problemas vayan creciendo gradualmente, nos quedaremos satisfechos dentro de la olla".

Anita recogió los libros. "Esta es nuestra parada, así que supongo que tendremos que saltar fuera". Anita sonrió ante la referencia a la rana, pero Hella no lo entendió.

Su antiguo apartamento estaba demasiado lleno, especialmente cuando las huéspedes vivían allí, pero este diminuto apartamento situado en un edificio *marrón rojizo* daba un nuevo significado a la expresión *falta de espacio*. En cada apartamento del edificio de doscientos años de antigüedad, vivían cuatro familias. En el apartamento, las Dittman compartían espacio con otras tres familias, además cientos, quizá incluso miles, de chinches. Las rajaduras de las ventanas dejaban pasar todo tipo de insectos voladores. Anita ni siquiera quería pensar en los insectos que se escondían en lo profundo de los rincones y de los armarios.

Cuando Hella y ella entraron por la puerta de su habitación aquella tarde, supieron que había sucedido algo. Mutti estaba sentada a la mesa con un sobre entre las manos y lo daba vueltas una y otra vez.

"Son nuestras visas, ¿verdad?". Anita podía sentir el nerviosismo que rebosaba dentro de ella.

"No exactamente", suspiró Mutti. "Hemos estado esperando estos papeles más de un año. El pastor Hornig trabajaba en esto siempre que podía antes de que los nazis quemaran la Organización de Ayuda".

"Lo sé", dijo Hella, mientras apilaba sus libros en una esquina. Las Dittman habían hecho una nueva solicitud tras perder la Organización de Ayuda.

"Cada vez es más difícil", dijo Mutti, "especialmente con la amenaza de guerra". A finales de 1938, nadie cuestionaba que el país iba directo a la guerra. Ahora había apagones regularmente. Las autoridades ordenaban que las luces se apagaran en la ciudad para que los bombardeos potenciales no pudieran encontrar sus objetivos. Todo el mundo instaló pantallas oscuras en las ventanas, y tenían que apagar las luces en los simulacros. Durante los apagones, la oscuridad era tan completa que las personas tenían que llevar insignias fosforescentes cuando estaban fuera para evitar chocarse unos con otros.

Mutti abrió la carta y se la enseñó a las chicas. Habían llegado los papeles, pero solo para Hella. Mutti miró dentro del sobre como para comprobar si quedaba algo más. "Al menos Hella tiene sus documentos". Intentaba aparentar ser práctica, pero Anita notó que su mandíbula se tensaba. "Seguro que los nuestros llegarán cualquier día de estos. Haremos planes para la marcha de Hella, y nosotras la seguiremos en el momento en que lleguen nuestros papeles".

"¡No!". Hella parecía acongojada.

"Al principio", dijo Mutti, "no podía ni pensar en la idea de separarnos, pero cuanto más lo pienso, más convencida estoy de que Hella debe irse a Inglaterra".

"Oh, Mutti…". El estómago de Anita se apretó.

"Sé que será difícil separarse, aunque sea por poco tiempo, pero no debemos desaprovechar esta oportunidad". Mutti cruzó los brazos sobre el pecho como hacía siempre que quería expresar que había tomado una decisión.

Mientras Hella se preparaba para irse, Mutti y Anita esperaban por sus papeles.

Poco después de que Mutti tomó su decisión, Anita llegó a casa del colegio con más malas noticias. Hitler por fin había cerrado las escuelas *parroquiales*. Sin previo aviso, aquel había sido su último día en Bethany. Los adioses habían sido duros. Bethany había protegido a sus estudiantes en medio de toda aquella agitación. Anita no sabía si podría continuar sus estudios. ¿Dónde conseguirían el dinero para las clases de tutoría?

Como muchas cosas en Alemania, eso estaba fuera de su control.

"Nosotros pagaremos las clases de tutoría en la escuela pública". El pastor Hornig se acercó a Mutti después del servicio en la iglesia para decírselo. "Espero que podamos conseguir lo suficiente para libros, pero quizá ella pueda pedírselos prestados a alguien".

"Es usted muy amable, pastor. Hace mucho por los demás, me preocupan usted y su familia".

"La familia comparte mi angustia por nuestros amigos perseguidos. No se preocupe, Hilde. Me llena de gozo ver cómo va madurando su fe". El pastor Hornig sonrió.

Él y otros pastores simpatizantes, Dietrich Bonhoeffer y otros, continuaban formando parte de lo que ellos llamaban la Iglesia Confesante. Se negaban a pasar por el aro de la opresión nazi y cada vez más eran vigilados de cerca. El pastor Hornig sabía que estaba en la *lista negra*, pero también creía que Dios lo solucionaría todo.

Finalmente, Anita comenzó en una nueva escuela. Desde que había dejado la escuela pública, la persecución contra los no arios se había intensificado. Los estudiantes y los profesores disfrutaban burlándose de los alumnos judíos. No ayudaba mucho que Anita estuviera muy por detrás de los demás estudiantes. Sin libros, tenía que confiar en recordar todo lo que decía el profesor. También tomaba apuntes, pero descubrió que algunas cosas solo se podían encontrar en los libros; los profesores nunca las mencionaban en clase, pero las preguntaban en los exámenes.

Anita no tardó mucho en dejar el colegio. No había mucha probabilidad de aprender sin libros, y resultaba muy difícil soportar el acoso y el tormento físico. Además, quería pasar tiempo con su hermana antes de que ella se fuera. ¡Cómo odiaba Anita la idea de un nuevo adiós!

Pero llegó el día de la partida de Hella. Fiel a su palabra, el pastor Hornig y los de la Organización de Ayuda proporcionaron el dinero y las instrucciones a las personas que la ayudarían en Inglaterra. Mutti y Anita la acompañaron a la estación de tren.

"Nuestros papeles no pueden tardar mucho en llegar. El pastor Hornig me aseguró que habían sido enviados". Mutti tomó la mano de Hella y la besó. "La separación será corta, seguro que sí".

Hella no dijo nada. Sus ojos parpadeaban. La situación en Alemania era volátil. Podía suceder cualquier cosa. Era final de verano, el 31 de agosto de 1939. ¿Quién sabe lo que traería el invierno?

Mientras estaban en la estación esperando la llegada del tren, Anita abrazó la cintura de su hermana. "No te preocupes por nosotras. Recuerda siempre cuántas veces Dios nos ha cubierto con su mano protectora. No importa lo que pase…". Anita no podía terminar de hablar, y además el silbido del tren le impidió hacerlo.

Cuando Hella subió al vagón, Anita levantó la mano para tocar por última vez los dedos de su hermana. *"Auf Wiedersehen*, hermana querida. Que Dios te guarde a la sombra de su mano"*.

Mutti no pudo evitar las lágrimas. Mientras el tren se alejaba de la estación, se preguntó: *¿Por qué tengo la sensación de que no la volveré a ver más?*

Las esperanzas de Mutti y Anita de reunirse con Hella se acabaron tres días después de que su tren salió de Breslau. El 3 de septiembre, Inglaterra y Francia declararon la guerra a Alemania, y todas las fronteras fueron cerradas. Escapar ya no era posible.

"Me alegro de que Hella saliera de aquí", le decía a menudo Mutti a Anita en los días que siguieron. "El Señor sabe lo que está haciendo, ¿verdad? Quizá por tu fe, Él sabe que tú puedes soportar mejor la tormenta que se avecina. Desde que eras una niña, nunca te perturbaron las tormentas".

Poco después de que Hella se fue, las tres hermanas de Mutti, *Tante* Käte, *Tante* Friede y *Tante* Elsbeth se mudaron a los apretados cuartos donde vivían Mutti y Anita. Hacían todo lo posible para respetarse el espacio unas a otras, pero con tantas personas en un lugar tan pequeño, prácticamente se tropezaban unas con otras.

Mutti y Anita iban solas a la iglesia los domingos, ya que las hermanas de Mutti eran judías religiosas. Algunas veces la madre y la hija apenas hablaban, disfrutando de la tranquilidad y el espacio.

El pastor Hornig siempre saludaba a todos en la puerta de la iglesia. Trataba de conocer personalmente a toda su congregación. Quería que la iglesia fuera un refugio seguro en medio de la tormenta. "Anita, me han hablado de una mujer cristiana, Frau Michaelis, en Berlín que estaría encantada de tenerte con ella. Es alemana, pero su esposo es judío. Él escapó a Shanghái, y sus dos hijos, a Inglaterra". Le puso una mano en el hombro. "Sé que tu apartamento está demasiado lleno. Y como has dejado el colegio...". No terminó su línea de pensamiento ya que se detuvo para darle la mano a uno de los hombres mayores de la congregación. Cuando el hombre hubo entrado en la iglesia y tomado asiento, el pastor continuó: "Frau Michaelis desea alguien que le haga compañía... su apartamento es espacioso, y estaría dispuesta a pagar tu educación y tus libros. Creo que Berlín sería más seguro para ti. Estarías fuera del gueto, ya sabes".

Anita miró a Mutti, pero ella no dijo nada.

"Entra y siéntate", dijo el pastor Hornig. "Cuando hayas pensado en ello y orado por ello, dime lo que piensas".

Decidieron que Anita debía irse, aunque eso significase otro doloroso adiós. Anita temía que su madre fuera arrestada y no se pudiera comunicar con ella, pero al final admitieron que eso podría suceder también con Anita en Breslau. A pesar de haber tomado la decisión, los sentimientos de inquietud de Anita persistían. ¿Por qué una alemana se arriesgaría a invitar a una chica judía a su casa? Carecía de sentido.

Cuando Anita tomó el tren para Berlín, trató de memorizar la cara de su madre. ¿Volvería a ver a Mutti?

Mi vida es un adiós tras otro. Pensó en Vati y en Hella. *Me pregunto qué estará haciendo Hella en Inglaterra.* En sus cartas, pasadas a escondidas mediante un amigo holandés del pastor Hornig, Hella contaba que estaba estudiando para ser enfermera. Vati se había vuelto a casar y escribía ocasionalmente, pero en su mayor parte, había dejado atrás su pasado. Muchos amigos habían quedado atrás: Frau Mueller-Lee, Frau Schmidt, Gunther... la lista parecía demasiado larga para contarla. Y ahora, Mutti...

Mutti permaneció con ella en el andén de la estación, retorciéndose las manos. "Me alegro mucho de que salgas del gueto, pero cuánto voy a echar de menos a mi rayo de sol". Mutti tomó las manos de Anita entre las suyas. "Cuando la soledad amanezca, pensaré en ti yendo a un colegio maravilloso, comiendo comida sana y acompañando a una generosa cristiana".

Anita no podía hablar. Apoyó la cabeza sobre el hombro de Mutti.

"Estaremos juntas de nuevo. Lo sé. No debes preocuparte por mí. Recuerda el versículo de Isaías 51 que siempre repite el pastor Hornig: 'En tu boca he puesto mis palabras, y con la sombra de mi mano te cubrí, extendiendo los cielos y echando los cimientos de la tierra, y diciendo a Sión: Pueblo mío eres tú'". Mutti tomó a Anita por los hombros y suavemente la empujó hacia atrás, mirando su cara como si quisiera memorizarla. "Cuando empieces a preocuparte, imagínate que estoy sentada a la sombra de la mano del Señor".

Sonó el silbato del tren. El humo y el ruido cortaron toda posibilidad de conversación.

"Escríbeme, Mutti. Cuéntamelo todo".

"Lo haré, *Mein Liebling*, lo haré. Escríbeme tú también".

"*Auf Wiedersehen*, Mutti". Anita se llevó la mano hasta los labios y lanzó un beso a su madre desde la ventanilla del tren cuando el sonido de los resoples del este se incrementó. Mutti se fue haciendo cada vez más pequeña, mientras el tren se alejaba.

Cuando llegó a Berlín, el modisto de Frau Michaelis fue a recogerla a la estación. *¡Qué extraño!* Parecía un hombre bastante agradable, nervioso, pero agradable.

"Esta es Anita Dittman", le dijo a su jefa cuando llegaron al lujoso apartamento.

"Fräulein Dittman, esta es Frau Michaelis", dijo el sastre señalando con su mano extendida a una mujer que estaba sentada en medio de un sofá de crin de caballo. Anita nunca había visto a una mujer tan grande. No había suficiente espacio a ninguno de los lados de Frau Michaelis para que se sentase ni siquiera un niño pequeño. *Es extraño. Desde la guerra, parece que todo el mundo está más delgado. Las cosas deben ser diferentes en Berlín.*

"Bienvenida, Anita; sube tus cosas arriba". La mujer observó la gastada maleta de Anita y emitió un sonido como de arrepentimiento. "Habrás traído tu cartilla de racionamiento, ¿no?".

"Sí, Frau Michaelis". Anita buscó en su bolsa y se la enseñó a la mujer. En tiempos de guerra en Alemania, las personas solo podían acceder a la comida que se especificaba en su cartilla de racionamiento. No importaba el dinero que se tuviese, solo se podía comprar una ración limitada. La producción de alimentos siempre mermaba en tiempos de guerra. Cuando los agricultores se convertían en soldados, ¿quién cultivaba? Y Hitler creía que los soldados eran los primeros que debían ser alimentados; el resto del pueblo podía repartirse lo que sobrara.

Frau Michaelis se levantó con dificultad del sofá y se llevó la cartilla de racionamiento con ella a la cocina. Le dio la vuelta mientras se alejaba pareciendo olvidarse de que Anita estaba allí.

"Te mostraré tu habitación". El sastre le indicó el camino escaleras arriba. "Frau Michaelis es una mujer generosa. Le encantan los vestidos bonitos, pero debido a su tamaño, tiene que hacerse la ropa a medida".

"¿Usted le hace la ropa?".

"Sí. Ella me proporciona una habitación en su casa a cambio de que yo le cosa la ropa".

"¿Y ha estado sola desde que su esposo y sus hijos se fueron?". Anita sabía lo sola que se sentía desde que había dicho adiós a Mutti.

"¿Sola? No sé nada de eso". Pareció desechar el tema. "Aquí está tu habitación".

Después de la apretada habitación de las Dittman en el gueto, Anita saboreó el espacio que había allí. Cómo le hubiera gustado que Mutti pudiera compartir con ella aquella habitación.

En la primera comida, las raciones fueron escasas. Anita se imaginó que no habían tenido tiempo de ir a la tienda para conseguir sus raciones. Apreció que ellos compartieran con ella un poco de su comida, aunque su estómago estuvo haciendo ruidos toda la noche.

Empezó el colegio al día siguiente. Al irse, la criada le dio un pequeño sándwich de pepino para que lo metiese en su mochila. Cuando llegó la hora de la comida, ella se podría haber comido todo un paquete de sándwiches. Esperaba que la criada hubiera hecho cola hoy para conseguir el racionamiento y así poder comer más en la cena.

"¿Puedo sentarme?". La chica que hablaba era una joven bonita de aproximadamente la misma edad que Anita. "Me llamo Ruth Conrad. Eres nueva, ¿verdad?".

"Hola. Sí, soy Anita Dittman. Acabo de llegar de Breslau".

"¿Quieres un poco de mi queso? Tu sándwich parece muy pequeñito".

"*Danke*. Me encantaría tomar algo de queso si a ti te sobra". Tomó un pequeño trozo de la punta y lo puso en la boca. Sabía delicioso. "Vivo con una agradable señora que debe haber creído que, como soy pequeña, no como demasiado". Anita sonrió. "La verdad es que tengo el apetito de un lobo medio muerto de hambre".

Ruth se echó a reír. "Desde luego se te puede considerar la más pequeña de la camada".

"No es justo", dijo Anita. Le agradaba la actitud bromista de Ruth. Quizá había encontrado por fin una amiga en el colegio.

"Entonces, ¿dónde vives?".

"En casa de Frau Michaelis. ¿La conoces?".

"Oh". La cara de Ruth pareció perder parte de su diversión. "Sí, va a mi iglesia".

"¿Vas a la iglesia? ¿Eres cristiana?".

"*Ja*. Totalmente. ¿Y tú?".

"Yo también. Soy medio judía, mi madre es judía, pero soy cien por cien cristiana".

"Me gusta la manera en que dices eso, Anita Dittman". La sonrisa de Ruth se hizo más grande. "He orado para que el Señor me enviara este año a otra creyente para que fuéramos amigas, y ¡aquí estás tú! Es el primer día del colegio, y Él te ha traído para mí directamente de Breslau".

"Presiento que me vas a caer bien, Ruth".

Y así empezaron los días de Anita en la escuela de Berlín. Que fuera judía parecía importar menos aquí que en la escuela de Breslau.

Fiel a su palabra, Frau Michaelis le proporcionó estudios y libros. Anita se sorprendió a sí misma: era buena estudiante y disfrutaba cada minuto del colegio. Bueno, cada minuto, excepto la hora de la comida. Las raciones siguieron siendo pequeñas, y Anita perdió peso.

Ruth se preocupaba por ella. "Tienes que decirle a Frau Michaelis que te dé más comida".

"¡No podría hacerlo nunca!" Anita abrió mucho los ojos ante la idea. Ella y su benefactora casi no hablaban. Frau Michaelis estaba casi siempre sola. Mantenía con ella una relación fría, casi formal. Anita se preguntaba quién habría sido la mujer que le había dicho al pastor Hornig que necesitaba compañía. Debía haberse confundido de persona.

Anita echaba mucho de menos a Mutti. No importaba lo buena que fuera la escuela, por las noches lloraba hasta quedarse dormida. ¿Estaría Mutti todavía a salvo? ¿Qué pasaba en Breslau? ¿Habría aumentado la persecución de quienes estaban en la *lista negra*?

Cada vez que Anita recibía carta de Mutti, la leía una y otra vez. Las cartas de Anita también eran frecuentes. Procuraba no hacer mención alguna del hambre que pasaba o la frialdad de Frau Michaelis. Mutti ya tenía bastante de qué preocuparse.

"Mi madre te manda este trozo de pan". Ruth le dio a Anita media rebanada de sabroso pan de centeno.

"No puedes permitirte esto, Ruth". Anita apreciaba la generosidad de su amiga. "Tu familia es muy grande, y cada pedazo de comida es algo muy apreciado en estos días. No puedo aceptarlo".

"Mi madre insiste. Cuando le conté que te estabas quedando tan delgada que tenías que sujetarte las faldas con alfileres, ella se preocupó. Pero cuando le dije que tu hermoso pelo se te estaba cayendo, dijo que eso podía ser un signo de desnutrición severa.

"Bueno, todos perdemos peso estos días…".

"Anita, ¿es que no lo ves? Frau Michaelis no carece de nada que se pueda comprar con dinero. El dinero solo no puede comprar comida estos días: se necesita dinero y una cartilla de racionamiento".

"¿Qué quieres decir?".

"Mi madre conoce a Frau Michaelis de la iglesia. Parece una mujer piadosa, pero cuando se la conoce mejor… No quiero repetir los chismes".

El estómago de Anita gruñó de nuevo, y Ruth le puso con decisión la rebanada de pan en las manos. "Mi madre cree que Frau Michaelis te recibió en su casa para utilizar tu cartilla de racionamiento para ella".

"Eso no puede ser. Ella ha sido muy generosa con el dinero de mis clases".

"¿Qué vale más hoy día, Anita, el dinero o la comida?".

"Me gustaría poder hablar con Mutti".

"¿Por qué no le escribes y le cuentas que estás perdiendo pelo y peso?".

"Oh, ¡no podría!". Anita no quería ni pensar en preocupar a Mutti. Ella estaba muy ocupada encargándose de sus hermanas que se iban haciendo mayores y de mantenerse alejada de la *Gestapo*.

"Piensa una cosa: ¿cuánto peso ha perdido la señora Michaelis desde que tú llegaste?". Ruth terminó su rebanada de pan y dobló de nuevo la servilleta en la que venía envuelta.

Mientras Anita comía a pequeños bocados el pan dulce y consistente, recordó que el modisto tenía un montón de vestidos para agrandar. *Oh, Mutti, quiero irme a casa…*

Aquella noche empezaron los bombardeos británicos. No es que los alemanes no hubieran sospechado el ataque —los nazis habían cometido el error de bombardear un tranquilo barrio de Londres; se habían colocado numerosos avisos por todo Berlín para que el pueblo estuviese preparado para el bombardeo inglés como represalia—, pero la realidad superó con creces lo que se esperaba. Cuando las sirenas del bombardeo aéreo se dispararon, Anita y el resto de los habitantes de la casa bajaron al sótano del edificio. Esto no era fácil, ya que la ciudad sufría un apagón. A los habitantes, no se les permitía ni siquiera encender una vela fuera. Cuando el montón de personas se apiñó en el refugio, parecía como si varias nubes hubieran chocado arriba. Los niños gemían, los bebés lloraban, y Anita oraba. El bombardeo continuó durante lo que parecieron horas. Cuando el cielo nocturno por fin se tranquilizó, los berlineses recibieron la señal clara de que todo el mundo podía regresar a sus apartamentos.

Frau Michaelis tuvo dificultades para subir y bajar las escaleras. Parecía todavía más malhumorada desde que había empezado el bombardeo.

Anita se preguntaba si Mutti se habría enterado de lo sucedido. Los nazis ponían todas las novedades en un ancho poste en el gueto. Era su vínculo con las noticias. Sin embargo, con demasiada frecuencia, las autoridades ocultaban más información de la que colocaban. Mutti seguramente todavía se imaginaba que Anita vivía en una casa lujosa y segura rodeada de comida y con una generosa benefactora. Cómo deseaba Anita decirle la verdad. *Quiero volver a casa con Mutti.*

7

Borrada de la faz de la Tierra

Los bombardeos continuaron. En Berlín, murieron miles de personas. Los chillidos de las sirenas, que iban seguidos del sonido de los aviones y de las bombas al estallar, pasaron factura a los ciudadanos.

Debilitada por la desnutrición, Anita enfermó. Frau Michaelis, preocupada siempre por el *contagio*, decretó que nadie podía entra ni salir de la habitación de Anita. La criada ponía un tazón de cereales grumosos en su puerta dos veces al día, pero Anita no veía a nadie ni hablaba con nadie. Cada vez echaba más de menos su hogar. Ansiaba tocar la suave piel de la cara de Mutti. Puede que tuviera ya trece años, pero le gustaría tener todavía a Teddy con ella. La soledad y el silencio dolían más que la enfermedad. *¿Y si moría sola?*

Pero no murió. Su fiebre desapareció tras varios días, y finalmente pudo regresar al colegio. Sin embargo, seguía echando de menos su casa. Quería ver a Mutti. La tristeza impregnaba todo lo que hacía. Al menos sus estudios le ocupaban el tiempo y alejaban su mente de su familia durante parte del día.

Como los bombardeos continuaron sin descanso, se

hicieron planes para evacuar a los estudiantes a los Alpes bávaros. Anita escribió a Mutti para pedirle permiso. Las "vacaciones" de la guerra eran ahora el tema favorito de todas las conversaciones.

"Oh, Anita, nos vamos a divertir", decía Ruth, mientras caminaban por el vestíbulo de la escuela y hablaban sobre qué deberían llevar como equipaje. "Piensa solo en poder estar alejadas de esta dichosa guerra durante un tiempo".

"¿Crees que por fin nos sentiremos como adolescentes?". A Anita le gustaba esa palabra. La había aprendido leyendo. Ella leía siempre que tenía oportunidad, especialmente novelas con personajes adolescentes divertidos que vivían vidas pacíficas. ¡Qué diferente de su experiencia! Nada en su vida había sido normal desde que Vati se había ido. Nada.

"Echaré de menos a mis padres, pero estos bombardeos constantes me ponen nerviosa". Las manos de Ruth temblaban a menudo últimamente, y se sobresaltaba y chillaba con frecuencia. "Creo que mis padres se relajarán si saben que estoy a salvo".

"Así se sentía mi madre cuando me vine a Berlín". Anita se rió. "Si Mutti supiera…". Anita censuraba su correo mucho más de lo que lo hubiera hecho la *Gestapo*. No tenía sentido preocupar a Mutti. "Tengo que admitir que cuando nos vayamos a los Alpes, no echaré de menos a Frau Michaelis. Sé que debería estarle agradecida, pero…".

"¿Anita Dittman?". El director del colegio salió del despacho e interrumpió a las niñas.

"*Ja*".

"Ha habido un error. Sé que te dijimos que pidieras permiso a tu madre para evacuar, pero… Mmm… después de todo no viajarás con nosotros". Sin decir una palabra más volvió de nuevo a su oficina. En la entrada, se detuvo y se giró hacia Anita. "Por favor, deja tus libros en la oficina exterior para que otro niño pueda utilizarlos. Es una lástima que se echen a perder".

Así sin más. Los soldados utilizaban las palabras *shock postraumático* para describir el vacío que ella sintió en aquel momento. Sabía que más tarde le dolería, pero ahora no era capaz de reaccionar.

Ruth parecía desolada.

"Estas cosas ya no me sorprenden". Anita abrazó a su amiga. "Te voy a echar mucho de menos, amiga mía, pero no dejes que esto estropee tu viaje. Necesitas estas vacaciones para que te alejen de los problemas…". Anita le dio a su amiga un puñetazo de broma. "Así que no me quites los míos".

Ruth no podía hablar. Nunca había experimentado el rechazo. Verlo allí en medio de aquel vestíbulo la había dejado sin palabras.

No hubo tiempo para adioses. Ruth tuvo que ir corriendo a su casa, tomar sus cosas y reunirse con todos sus compañeros en la estación. Todos menos Anita.

"*Auf Wiedersehen*, Ruth", dijo Anita mientras dejaba sus libros y emprendía el camino a casa. "Nunca te olvidaré".

Mientras iba caminando a casa, sentía un nudo en la garganta, y sus ojos se empañaron. *Señor, dijiste que me cubrirías con la sombra de tu mano. ¿Es a esto a lo que llamas protección? ¿No hay ningún sitio para mí?*

Mientras caminaba, pensaba en el Señor. Desde el día que lo conoció en aquellos vitrales, sabía que Él la amaba. Ella lo sabía desde lo más profundo de sí misma. *Anita, no desesperes ahora. Trata de pensar en esto como en un nuevo camino.* Ella oraba para que Dios le permitiese ver la situación desde su punto de vista. *Puede que Dios no me esté privando de nada. ¿Podría ser que Él me estuviese llevando hacia algo mejor?*

Su hambre persistente le hacía difícil pensar. *¿Podría ser que Dios estuviera cerrando la puerta de ese colegio para abrir otra puerta en algún otro lugar?*

Pero ¿cuál será el siguiente paso? Ella no sabía qué hacer. En lo único que podía pensar era en su casa y en Mutti.

Cuanto más caminaba, más pensaba en el pastor Hornig. Él también la amaba y quería lo mejor para ella. Él creía que estaba a salvo y feliz en casa de Frau Michaelis; tan a salvo como se podía estar en una Alemania desgarrada por la guerra. Anita quería hablar con él, que él la aconsejara. Para cuando llegó al apartamento de Frau Michaelis, sentía una gran necesidad de hablar con el pastor Hornig.

Sin pensar en pedir permiso, levantó el gran teléfono negro que había en el vestíbulo. Nunca antes había utilizado el teléfono de Frau Michaelis. Pero ahora marcó el número de la iglesia.

"Hola, aquí la iglesia de Santa Bárbara". La voz familiar hizo que finalmente los ojos se le llenaran de lágrimas.

"¿Pastor Hornig? Soy Anita".

"Anita, ¡qué sorpresa! Justo estuve ayer con tu madre y estuvimos hablando de la gran oportunidad que supone para ti poder estudiar y…".

Las lágrimas de Anita se convirtieron en sonoros sollozos.

"Anita, hija, ¿qué te pasa?

"Oh, pastor". Casi no podía pronunciar las palabras. "No

puedo ser evacuada con mis compañeros. Ellos se van esta noche sin mí... el bombardeo constante... hambre. Tengo hambre...".

"Habla más despacio. Repítemelo. ¿Te han apartado de la escuela?".

"S... sí".

"¿Y tienes hambre y estás asustada?". Se detuvo como para pensar en las palabras más adecuadas. "Anita todo el mundo pasa hambre hoy día. La guerra nos afecta a todos". Se detuvo para escuchar los sonidos de su desesperación. "Anita, oraré para que el Señor alivie tu carga, pero estás a salvo en Berlín".

"Usted no lo entiende, pastor. He adelgazado y se me está cayendo el pelo. Mi amiga dice que sufro una desnutrición severa".

"¿Por qué no nos lo has dicho antes?". Parecía muy contrariado, y su sentido de la urgencia cambió. "Reuniré el dinero suficiente para comprarte un boleto de tren. Ya me lo contarás todo cuando llegues a casa. Parece que hay muchas cosas que yo no sé".

Así Anita volvió a Breslau.

En la estación, el pastor Hornig la tomó por los hombros y la separó como si quisiese verla bien. Movió la cabeza una y otra vez. "Ojalá nos lo hubieras dicho, Anita".

Cuando se la llevó a su madre, Mutti no podía parar de acariciar el ahora debilitado pelo de Anita y murmurar entre suspiros.

Mutti solo veía los cambios en su hija, pero Anita vio Breslau con nuevos ojos. El regreso a casa resaltaba cuánto seguían cambiando las cosas. El apartamento parecía más pequeño que nunca, las tías más frágiles, y los insectos más infectos, pero no importaba. Anita estaba en casa. Ella y Mutti prometieron estar juntas tanto como fuera posible.

"Mutti, ¿dónde están Susie y Renate Ephraim? No los he visto desde que he vuelto. No he visto a *Herr* Levi tampoco". Anita casi odiaba averiguarlo, pero se preguntaba si más amigos habían conseguido salir de Alemania.

La cara de Mutti contó la historia. "Se fueron. Simplemente, se fueron".

"¿Qué está pasando? ¿Dónde terminará esto?".

"Me gustaría poder responder a eso. Al principio pensamos que Hitler se conformaría con quitarnos el trabajo, la casa y el dinero. Después empezamos a oír que los nazis pedían a gritos *Judenrein* (ciudades libres de judíos). Uno a uno, los judíos nos registramos, y después empezaron a rodearnos y a juntarnos en guetos como este". Mutti suspiró profundamente como si estuviera respirando penas al rojo vivo.

"¿Y no es suficiente?". Anita sabía la respuesta. Varios hombres habían sido llevados a un campo de concentración llamado Auschwitz. Por alguna razón, unos pocos fueron liberados y devueltos a sus familias, pero las historias que traían con ellos eran demasiado escalofriantes para ser creídas.

"Así que seguimos siendo trasladados y concentrados en lugares cada vez más pequeños. Parece que Hitler no descansará hasta que nos haya eliminado del todo". Mutti se frotó la cara con las manos. "Ya sabes lo que dijo el *Gauleiter* polaco, Hans Frank, ¿no?".

"No". Anita sabía que los *gauleiters* eran los gobernadores provinciales de Hitler, pero no era capaz de estar tan al corriente de este tipo de cosas como Mutti.

"Dijo: 'A los judíos solo les pido una cosa: que desaparezcan'".

"Oh, Mutti…".

"El mes pasado en el periódico de Hitler, *Der Stürmer*, anunciaron que '…el juicio había comenzado y solo terminaría cuando…', ¿cómo era?" Mutti pensó por un momento, "… 'solo terminaría cuando todo conocimiento de los judíos hubiera sido borrado de la faz de la tierra'".

"Alguien va a parar a Hitler, ¿verdad?". Anita no podía creer que tanto odio quedara sin consecuencias. Deseaba que Alemania abriera los ojos y viera lo que estaba pasando. *Mírennos, mírennos.*

Tante Käte no podía parar de dar de comer a Anita desde que esta había regresado de Berlín. Las cinco —Mutti, Anita y las tres tías— compartían la apreciada comida, pero cada vez que se sentaban a comer, *Tante* Käte sacaba pequeños trozos de carne de la sopa para echarlos en el tazón de Anita. "Soy vieja y no como mucho. Esta chica no es más que un montón de huesos. Come, come". *Tante* Käte se reía, "Dios me perdonará que pierda algunos kilos".

Las tres tías eran mucho mayores que Mutti. *Tante* Friede y *Tante* Elsbeth le parecían frágiles e inseguras a Anita. ¿Tanto habían envejecido en un año? Ella quería a todas sus tías, aunque vivir en un lugar tan pequeño hacía que el temperamento a veces hiciera su aparición. Sin embargo, se perdonaban tan pronto como saltaban. Las cinco trataban de mantener a raya la desesperación. *Tante* Elsbeth solía empezar las frases con un: "Podría haber algo peor...". A Anita le encantaba la manera en que trataba de mantener el buen ánimo.

Tante Käte era la más joven de las tres. Era la artista y se las arreglaba para llevar consigo algunos lápices y pinturas. Ella y Anita a menudo se sentaban juntas a dibujar. Para el cumpleaños de Hella, Anita dibujó un autorretrato utilizando un pequeño espejo. Mutti planeaba pasárselo de contrabando a través de su contacto en Holanda. *Tante* Käte nunca prodigaba sus cumplidos, pero cuando tuvo el retrato en las manos y lo estudió, dijo: "Anita se parece a mí. Ella será la artista cuando yo me haya ido".

Tante Elsbeth tomó el retrato y lo observó: "Podría haber algo peor que tener a nuestra Anita encerrada aquí con una buena artista que pasa horas con su joven aprendiz".

Anita prácticamente había abandonado su educación. Los decretos cada vez peores de Hitler hacían que los judíos pasasen de una escuela a otra hasta que se les agotaban las posibilidades. Cada semana el pastor Hornig le preguntaba a Anita si se había podido inscribir en alguna escuela. Ella sabía que estaba preocupado, pero también sabía que encontrar dinero para pagar las clases era imposible.

Un día, cuando el pastor vino a visitarlas, le entregó un sobre. "Aquí hay para pagar un año de clases". La escuela secundaria, König Wilhelm Gymnasium, aparentemente todavía aceptaba judíos. "Alguien ha pagado anónimamente tus clases".

Mutti miró al pastor Hornig. "¿Cómo podremos agradecérselo?

Anita sabía que Mutti creía que el pastor había dado su propio dinero. No es de extrañar que tantos judíos empezaran a seguir a Jesús en la iglesia de Santa Bárbara. El pastor amaba a sus fieles hasta el sacrificio. Cuando Ernst Hornig hablaba del amor de Jesús y su muerte en la cruz, las personas en los bancos reconocían esa clase de amor. Veían un ejemplo diario de esa clase de amor desinteresado ofrecido por su pastor.

Así que una vez más, Anita se inscribió en una escuela. El odio a los judíos había aumentado desde que ella había asistido a clase en Breslau por última vez, pero se las arregló para ignorar los carteles *antisemitas* que colgaban por todo el colegio. Evitaba cuidadosamente los posibles riesgos leyendo las señales y haciéndose lo más pequeña e insignificante posible. Incluso antes de empezar el colegio, se paseó por todo el campus para ver todas las prohibiciones. Los judíos no se pueden sentar aquí, no pueden estar allí, no pueden comer en esta habitación, no pueden estudiar en esa mesa; se imaginaba que si prestaba atención, tendría menos problemas.

Mientras trataba de acurrucarse en su silla en clase, se reía de sí misma. Qué diferente de la Anita de seis años que deseaba bailar en los famosos escenarios de Europa y cuya palabra preferida era: "Mírame".

La casa era de nuevo su refugio. Cuando iba allí después del colegio, ayudaba a *Tante* Friede a preparar la comida. Las raciones habían llegado a un punto en que solo se podía comer una vez al día, pero *Tante* Friede era capaz de sazonar el agua y hacer que supiese bien. Incluso si solo tenían un plato de lechuga, *Tante* insistía en que Anita la presentase lo más bonita posible.

Mutti trabajaba todo el día en una fábrica. Lo llamaban trabajos forzados, porque en lugar de recibir un sueldo, ahora se los obligaba a ganarse su pequeño cheque de asistencia social. El mundo se había puesto patas arriba para los judíos. Los nazis les prohibían ejercer sus profesiones, llevar sus propios negocios, no dejaban que otros los contrataran, los expulsaban de sus casas y les ponían en la asistencia social. Después, cuando ya no les quedaba nada, los nazis expresaron su indignación hacia ellos considerándolos una sangría para Alemania. ¿La respuesta? Obligarlos a realizar trabajos forzados.

Si Anita pensaba demasiado en ello, tenía ganas de gritar. Pero, como Mutti le recordaba pacientemente, gritar era peligroso. Anita recordaba cuando estaba en la cocina con Hella en su casa de Zimpel tantos años atrás y daba una patada a algo diciendo: "No es justo". Vivir en la Alemania nazi había encogido su sentido infantil de la justicia.

Una tarde, en la primavera de 1941, Mutti había acabado de quitarse el abrigo y el sombrero cuando escuchó que llamaban a la puerta. "¡Abran!".

Mutti tomó a Anita de la mano, con los ojos muy abiertos. La llamada de la *Gestapo* finalmente había llegado.

8

Tiempo de duelo

Abran!", repetía la voz en áspero alemán. A continuación, sonaron dos golpes en la vieja puerta de madera. *Tante* Friede se sentó de repente como si sus piernas ya no pudieran sostenerla. *Tante* Käte y *Tante* Elsbeth se tomaron de la mano. ¿Cuál de ellas sería?

Mutti fue hacia la puerta y la abrió.

"¿Käte Suessman?".

Tante Käte se adelantó. El color había desaparecido de su cara.

"Está arrestada. Recoja sus cosas. Se le permite únicamente una bolsa".

Nadie dijo una palabra. Mutti ayudó a su hermana a recoger algunas cosas para llevar con ella.

Anita permaneció paralizada. *Käte no. No ahora.* Observó a Käte: le temblaban las manos, mientras las deslizaba por los pedazos de su vida. ¿Qué puede conservar alguien como representación de toda su existencia?

Mutti se volvió hacia los hombres de la *Gestapo.* "¿Por qué la arrestan? ¿Qué delito ha cometido?".

El corazón de Anita le golpeaba en el pecho. *¡No, Mutti!*

Su nombre todavía estaba en la *lista negra*. *Ten cuidado, Mutti. Baja la vista. No atraigas la atención sobre ti*. Pero cuando miró la cara de *Tante* Käte, vio que estaba apretando su mandíbula en un gesto de decisión. El valor de Mutti al cuestionar a los guardias de las *SS* había endurecido a *Tante* Käte para lo que vendría después.

"Ser judía es delito suficiente", dijo el guardia. "Además, yo no cuestiono las cosas. Recibo órdenes y hago los arrestos".

Tante Friede dejó caer la cabeza y se echó a llorar. *Tante* Elsbeth se agachó a su lado y susurró: "Debes ser valiente, por Käte".

"¡Deprisa!". El guardia más joven miró por la ventana. "Ya están cargando a los otros en el vagón".

Tante Käte abrazó a Anita, rozando con sus dedos la mejilla de su sobrina y limpiando sus lágrimas. Se arrodilló y besó a Friede y después dijo adiós a Elsbeth y Mutti. Dio un suspiro hondo como si quisiese inhalar la fragancia de su familia por última vez, y recogió su bolsa.

"¡Deprisa!". En el pasillo, uno de los guardias le dio un empujón que la hizo tambalearse.

Nadie dijo ni una sola palabra en la pequeña habitación. Las cuatro observaban por la ventana como *Tante* Käte era metida a empujones en un vagón tras los miembros de la familia Ephraim que todavía quedaban en casa. Por una vez, *Tante* Elsbeth no dijo: "Podría haber algo peor…".

En los días que siguieron, las llamadas a las puertas del gueto parecieron darse cada vez con más frecuencia. Para Anita era obvio que el movimiento de traslado de los judíos del gueto a los campos de concentración había aumentado.

Hubo dos llamadas más en la puerta de las Dittman: primero para *Tante* Friede y después para *Tante* Elsbeth. Anita sabía que nunca olvidaría aquellas escenas: *Tante* Friede, doblada por la artritis, agarrando la bolsa con sus pertenencias, empujada al vagón de la *Gestapo*; y después *Tante* Elsbeth, pálida y silenciosa.

Si habían planeado llevarse a las tres ancianas hermanas, Anita se preguntaba por qué no podían permitirlas estar juntas. Todo el proceso era inhumano, pero a veces la crueldad intencionada todavía sorprendía a Anita.

Mutti creía que a Anita no se la llevarían debido a Vati, pero Anita creía que al final eso no importaría. Le preocupaba que solo fuera cuestión de tiempo para que se las llevasen a las dos. El gueto, e incluso su propio edificio, cada vez tenía menos habitantes. De hecho, cuando Anita iba al colegio, podía ver que muchos de los viejos edificios *marrón rojizos* estaban vacíos.

En medio de la guerra, el bombardeo y las pérdidas dolorosas, la vida continuó. Anita iba al colegio, hacía los deberes y ayudaba a su madre. Le parecía estar viviendo en una de esas siniestras pesadillas en las que se mezclaba la rutina de las cosas, como la escuela o la comida, con extrañas escenas de peligro y muerte.

En la primavera de 1942, Anita terminó las clases de confirmación con el pastor Hornig. Para ese día, Mutti se las arregló para arañar el dinero suficiente y comprarle un vestido blanco. Anita no podía recordar la última vez que había tenido un vestido nuevo. Cuando estaba de pie ante la congregación de Santa Bárbara que tanto amaba recitando todo lo que había aprendido, Anita, que tenía quince años, sintió su espíritu ensancharse. Le hubiera gustado decir: "No me miren a mí; miren a mi Padre".

Solo unos días después, cuando Anita estaba sentada en clase trabajando en unos problemas de cálculo, el profesor se acercó a su pupitre y le cerró el libro de golpe. "Recoge tus cosas y ve a la oficina".

Le había ido bien durante el año y medio que había asistido a la escuela. Utilizando las viejas reglas de Mutti de bajar la cabeza, no mirar a los ojos, y no atraer la atención, había conseguido de alguna manera permanecer alejada de los problemas. Por supuesto, los problemas tendían a perseguir a los judíos, así que ella se preguntó qué iría mal esta vez.

"¿Dittman?", preguntó el director alzando la vista desde su escritorio.

"*Ja*, Anita Dittman". Ella permaneció de pie esperando a que la invitaran a sentarse.

"Esto ha llegado de la *Gestapo*". El director le tendió una carta a través del escritorio haciendo un movimiento arrogante con la cabeza y los hombros. "Ya era hora de que Hitler limpiase el colegio de chusma". Hizo un desdeñoso gesto de despedida con la mano.

¿Qué está diciendo? Anita leyó la nota: "Solo los arios pueden asistir al colegio. Debido a su estatus de no aria, su inscripción en König Wilhelm Gymnasium queda rescindida inmediatamente".

"Se le ha dicho que se vaya, *Judenfratz*. ¿Por qué sigue todavía en mi oficina?".

Ahora Anita no tenía ya que despertarse temprano para ir al colegio, los días parecían correr uno tras otro. En el gueto, ya no quedaban amigos. Sus amigos cristianos no podían arriesgarse a ser vistos con ella. Cuando podía conseguir que le prestaran un libro, lo leía. Mutti se las había arreglado para conservar algunos trozos de papel y algunas pinturas de *Tante* Käte, así que podía seguir dibujando. En su mayor parte, parecía que los días pasaban mientras ella miraba por la ventana.

Mutti trabajaba en el tercer turno en la compañía conservera de Franz Becker, haciendo confituras y mermeladas. El trabajo de levantar pesadas cajas requería más fuerza de la que una mujer desnutrida era capaz de reunir. Se iba a trabajar tarde por la noche y volvía a casa por la mañana, así que tenía que dormir durante el día. Como no había manera de conservar la comida, Anita y Mutti tenían que hacer cola todas las tardes para conseguir sus raciones diarias. Tardaban casi una hora.

"Dios es bueno", dijo una noche Mutti, mientras caminaban por el casi desierto gueto en busca de sus raciones.

"Ya sé que lo es, pero ¿por qué dices eso ahora? Tus hermanas se han ido, se han llevado a nuestros amigos, las raciones para los judíos han quedado reducidas a la mitad, trabajas diez horas al día…".

"Ya basta", dijo Mutti dando con el dedo en el brazo de Anita. "Si sigues diciendo esas cosas, me deprimirás".

Anita se echó a reír. No pudo evitarlo. Esta conversación era absurda. "¿Quieres decir que se te ha olvidado lo mal que están las cosas?".

"No, *Mein Liebling*. Recuerdo lo que solía decir *Tante* Elsbeth: 'Podría haber algo peor…'".

Anita asintió con la cabeza. Cómo echaba de menos a su colección de excéntricas tías. "Me gustaría escuchar algo de la sabiduría de Elsbeth en este momento".

"Mantengamos nuestra moral alta, pues, pensando por qué Dios es tan bueno. Yo empiezo. Podría haber algo peor que estar paseando en una hermosa noche con una hija preciosa, mientras que la otra está a salvo en Inglaterra. Gracias, Señor".

"Mi turno. Podría haber algo peor que ir a recoger comida para llenar un estómago vacío. Gracias, Señor". Anita rió. "¿Puedes creer que haya utilizado la palabra *llenar*? Hace muchísimo tiempo que no estoy llena de algo".

Cuando llegaron a casa, había una carta de la *Gestapo* en el suelo que había sido introducida por debajo de la puerta. Ninguna de las dos dijo nada, sabiendo muy bien que podía ser un aviso de arresto. Se dispusieron a preparar la cena como si nada hubiera pasado, pero la carta permanecía en la mesa, dominando toda la habitación.

"¿Vamos a estar aquí toda la noche sentadas mirando ese horrible sobre?". Anita ya no lo pudo soportar más.

"No, tienes razón. O confiamos en Dios o no lo hacemos. No importa cuál sea el resultado, sabemos que Él nos mantendrá a la sombra de su mano". Mutti abrió la carta y leyó.

Anita observó la cara de su madre en busca de una reacción. "¿Qué?".

Mutti dejo salir el aliento despacio. "Podría haber algo peor que ser llamada para trabajar como esclava", sonrió. "Te han asignado a mi fábrica, la Franz Becker. Si se hubieran dado cuenta, nunca lo hubieran permitido".

Anita se sentó. "¡Dios es bueno! Oh, Mutti…". Enterró la cabeza entre las manos y dejó que saliesen las lágrimas.

Trabajar diez horas en la fábrica era mucho más fácil que estar deprimida en casa sola. Y trabajar en la fábrica de conservas tenía sus ventajas. Cuando la fábrica hacía mermelada, tiraban de vez en cuando las manzanas agusanadas. Se suponía que los trabajadores no las recogían, pero en lugar de tirarlas a la basura, Anita colaba alguna que otra en sus bolsillos. Cuando se las llevaba de contrabando a casa, las partes agusanadas se eliminaban y los trozos que estaban bien se podían comer.

Cuando se fue acercando el invierno, el trabajo se amplió a los domingos, así que Mutti y Anita ya no podían ir a la iglesia. El pastor Hornig a menudo venía al gueto por la noche para traerles la comunión. Aquel año por Navidad, Anita y Mutti tuvieron el día libre y pudieron ir a la iglesia de Santa Bárbara. Era como estar en casa.

El pastor Hornig predicó con claridad, a pesar de saber que los espías nazis vigilaban cada uno de sus movimientos: "Dios es más grande que todo el conjunto de males del Tercer *Reich*", predicaba con su voz clara y resonante. "Dios tiene el control de esta guerra, y de sus vidas", les aseguró. "Preservará a algunos de sus santos".

Anita recordaba aquel versículo de Isaías que hablaba de la conservación del pueblo judío: "Y en tu boca he puesto mis palabras, y con la sombra de mi mano te cubrí, extendiendo los cielos y echando los cimientos de la tierra, y diciendo a

Sión: Pueblo mío eres tú". *Padre celestial, pon en mi boca tus palabras.*

Tras el servicio, el pastor Hornig tomó las manos de Mutti entre las suyas: "¿Has escuchado lo que he dicho sobre que Dios preservará a algunos de sus santos?".

Mutti asintió con la cabeza.

"Estoy seguro de que Dios las preservará a ustedes, a Anita y a ti. Deben ser sus testigos, no importa donde las lleve".

Anita sabía que nunca olvidaría aquella Navidad. Se comprometió a ser testigo fiel, sin importar cómo.

Anita sabía que vivían con el tiempo prestado, pero pasó otro año, y ellas seguían viviendo tranquilamente en el gueto. Anita había sido trasladada a una fábrica de vinos, pero el ciclo de trabajo, de colas para comida y de horas de sueño continuaba.

Ella y Mutti encontraron una nueva esperanza aquel invierno cuando aprobaron la ley de Nuremberg. Esta ley decía que los hombres o mujeres que habían estado casados alguna vez con un alemán, quedaban protegidos de ser arrestados o llevados a campos de concentración siempre que no volvieran a profesar la fe judía. Todos los niños nacidos de estos matrimonios también estaban protegidos.

El pastor Hornig advirtió a Mutti que no pusiese demasiadas esperanzas en esa ley. Él ya había visto cómo la violaban más de una vez. Pero para Mutti, representaba una forma más de protección.

Así que cuando una mañana temprano de un frío día de enero llamaron a la puerta, Mutti no estaba preparada.

"Rápido, Anita, mira por la ventana. No puede ser la *Gestapo*, ¿verdad?".

El estómago de Anita dio un vuelco cuando vio el vagón de la *Gestapo* con los guardias de las *SS* desplegándose en forma de abanico en varias direcciones. Reconoció ese movimiento y miró a Mutti. No intercambiaron palabra alguna.

Mutti apoyó la cabeza en la puerta durante un momento. Anita reconoció aquella postura de resignación. Cuando abrió la puerta, los guardias de las *SS* solo vieron fortaleza.

"¿Hilde Dittman? Tiene tres minutos para meter sus cosas en una bolsa pequeña. Está arrestada". El oficial más mayor ladró aquellas órdenes como si las estuviera diciendo en sueños. Mutti tuvo que firmar un papel declarando que todo lo que había en el apartamento le pertenecía a ella. Un oficial más joven colocó etiquetas rojas sobre todos los muebles.

Excepto por el dolor de estómago y el nudo que tenía en la garganta, Anita parecía incapaz de sentir nada.

"Sus posesiones ahora pertenecen al estado. Se procederá a hacer un cuidadoso inventario de sus cosas y más tarde alguien pasará a recogerlas". Se apoyó primero sobre un pie y luego sobre otro, como si le irritase tener que explicar un proceso tan eficiente.

"¿Y qué pasa con las leyes de Nuremberg?". La voz de Mutti alcanzó el tono de la desesperación. "Estuve casada con un alemán y soy cristiana".

El guardia de las *SS* se echó a reír ruidosamente. "¿Qué es usted, señora? ¿Un abogado?". Y siguió riendo como si fuera lo más gracioso que hubiera escuchado jamás.

"No puede etiquetar todo el mobiliario. Pertenece a mi hija". Mutti parecía indignada.

"No hemos puesto la etiqueta en su cama. Si quiere el resto, la *Gestapo* se lo venderá de nuevo". Su paciencia se estaba acabando. "Date prisa, Hans, termina de una vez. Las Dittman no tienen gran cosa".

Con eso, el hombre más joven terminó de etiquetar y anotar la última pieza. Giró hacia Anita. "Si quiere puede venir con nosotros hasta la *sinagoga* donde tenemos a los demás prisioneros y despedirse allí de su madre".

"Gracias. Lo haré". Esto daría a Anita y a Mutti un poco más de tiempo.

"Tengo que ir al baño, joven". Le dijo Mutti con ese tono de voz maternal tan suyo que no admitía discusión.

Él se encogió de hombros como una especie de aprobación, mientras que el otro hombre empezó a mirar con impaciencia.

Mutti entró. Cuando salió le señaló a su hija con la cabeza hacia el baño. Anita supo que le había dejado un mensaje.

"Por favor, esperen que ahora voy". Anita entró en el baño antes de que nadie pudiese decir una palabra. Allí, en el borde del lavabo, había un pequeño monedero que contenía una modesta suma de dinero. Representaba todo lo que Mutti había sido capaz de ahorrar. Anita lo metió en la cinturilla de su vestido y salió.

"Muy bien. Vámonos", dijo el hombre más mayor.

Mientras las cargaba a ambas en el vagón, alzó una de sus cejas hacia Anita como diciendo: "Esta no será la última vez que harás un viaje en el vagón de la *Gestapo*".

9

Citada por el nombre

Cuando el guardia de la *Gestapo* obligó a Anita a abandonar la vieja *sinagoga* donde había sido llevada Mutti, madre e hija solo tuvieron tiempo para abrazarse. Las palabras parecían mucho menos importantes que la familiar cercanía física. Anita respiró profundamente para captar todo el aroma de Mutti: esa mezcla de jabón, lavanda y olor afrutado de la fábrica de mermeladas. Cómo iba a echar de menos a Mutti.

Cuando siguió al guardia hasta la salida, Anita se giró una última vez. "Hasta que el Señor nos reúna de nuevo, Mutti…". Alzó la mano y le mandó un beso a través del patio.

Su madre sonrió.

Antes, Mutti le había hecho apuntar a Anita el número de teléfono de su padre: "Llámalo para ver si puede ayudarte a comprar algunos de los muebles".

A Anita no le apetecía llamar a su padre. Sentía arder el estómago. También sabía que no podría soportar volver a la solitaria casa llena de muebles etiquetados de rojo. Caminó en dirección a la iglesia de Santa Bárbara y el pastor Hornig.

"¡Cómo vamos a echar de menos a tu madre!", dijo el pastor Hornig cuando Anita le contó lo sucedido. "Sigo teniendo la misma seguridad de siempre de que Dios la protegerá".

Anita necesitaba escuchar aquellas palabras.

"¿Cuándo se irá y dónde?", preguntó el pastor.

"No creo que se vaya hasta mañana. No estoy segura, pero creo que se la llevan a Theresienstadt en Checoslovaquia". A Anita le parecía un lugar muy lejano.

"Eso es bueno, Anita, muy bueno, porque todavía dejan mandar cartas y paquetes a Theresienstadt". El pastor parecía estar pensando. "Quizá puedas visitarla esta noche para llevarle comida. Le diré a Frau Hornig que prepare unos sándwiches y un poco de fruta.

Cuando él se fue para arreglar lo de la comida, Anita se dio cuenta de que se sentía mejor. El pastor Hornig tenía razón, si podía escribir a Mutti, eso mantendría levantado su ánimo, y Anita no se sentiría tan sola. *Querido Padre celestial, haz que yo pueda mandar algo a Mutti cada semana. Mantennos cerca. Haz que volvamos a estar juntas al final...*

"Aquí tienes". El pastor Hornig le tendió un paquete pequeño. "Haz todo lo posible por ir a verla esta noche. Dile que oraremos por ella. Recuérdale que descansa a la sombra de la mano del Todopoderoso".

Cuando Anita llegó a la prisión provisional, vio a Steffi Bott, hija de una de las amigas de su madre, y a los hermanos Wolf: Gerhard, Wolfgang y Rudi.

"¿Han tomado a tu madre?", preguntó Steffi después de saludar a Anita.

"Sí, ¿cómo lo sabías?".

"Mi madre está aquí, también, y Frau Wolf. Parece que esta vez los nazis han ido tras los judíos cristianos".

"Nuestras madres, las tres, han estado casadas con alemanes", dijo Rudi. "No se respetan mucho las leyes de Nuremberg".

"¿Están aquí para la última visita?", preguntó Anita.

"Lo intentamos", dijo Steffi. "No nos dejan entrar".

"Tienen que hacerlo. Le traigo comida y su viejo albornoz de felpa rosa favorito". Eso parecía un poco tonto cuando lo que le esperaba era un campo de concentración, pero Anita sabía que a Mutti la reconfortaría. "No he tenido tiempo de decirle adiós adecuadamente". Anita pensó en muchas cosas que se había olvidado de decirle.

"¡Sh! Gerhard ha encontrado una manera de entrar a través de ese viejo hotel del otro lado", dijo Rudi. "Había formado parte de la *sinagoga* que ahora utilizan como prisión. Todo lo que hay que hacer es pasar por donde está el recepcionista. Además, ¿quién va a esperar que alguien quiera entrar a husmear *dentro* de una cárcel?".

Mientras Rudi y Wolfgang distraían al recepcionista, los otros tres se colaron escaleras abajo hacia el sótano. La entrada estaba complicada: a través del sótano, por un túnel bajo tierra. Al final del túnel, pudieron ver una puerta ligeramente abierta que llevaba al sótano de la *sinagoga*. Los prisioneros estaban apiñados en el sótano, pero justo delante de la puerta estaba el guardia de la *Gestapo*. Ninguna de sus madres parecía estar en aquella habitación. Los tres esperaron mucho tiempo hasta que el guardia salió de allí.

Gerhard empujó la puerta abierta. Una mujer lo miró, con

los ojos abiertos de miedo. "Márchense inmediatamente. Se van a meter en un lío".

"Queremos ver a nuestras madres: Frau Dittman, Frau Bott y Frau Wolf. Les traemos estos paquetes para ellas". Empujaron los paquetes dentro de la habitación. "Si nos agarran, ¿podría hacer que les llegaran?".

"*Ja, ja*. Ahora márchense".

En ese momento, escucharon el ruido de pesados pasos procedentes del túnel. Gerhard cerró la puerta.

"¿Qué están haciendo?". El guardia prácticamente le chillo en la cara a Anita.

Ninguno dijo una palabra. El estómago de Anita se hizo un nudo de miedo.

"Vamos. Se reunirán con sus amigos en la oficina de la *Gestapo*".

Tras lo que pareció el tiempo más largo de su vida —un tiempo que incluyó muchas preguntas y supuso muchos murmullos de consulta entre los guardias—, los cinco fueron llevados ante el guardia de la *Gestapo*.

"Han cometido un delito que se castiga con la muerte. Lo saben, ¿verdad?".

Steffi mantuvo la cabeza baja. Sus lágrimas caían al suelo. Anita oraba en silencio y sabía que sus amigos hacían lo mismo.

"No tengo tiempo para cosas como ustedes hoy", dijo el guardia. Tendré que liberarlos, aunque sea en contra de mi buen juicio. No piensen que van a escapar tan fácilmente". Abrió un gran libro. "Anotaré sus nombres en la *lista negra*. Ya nos encargaremos de ustedes en otro momento".

Cuando les permitieron irse a sus casas, dieron gracias

a Dios una y otra vez. "Si no nos hubieran liberado", dijo Anita, "no podríamos enviar nunca paquetes de comida a nuestras madres".

"Estar en la *lista negra* casi ni me preocupa", dijo Rudi. "Incluso con las leyes de Nuremberg, es solo cuestión de tiempo para que vengan también por nosotros".

Aunque se conocían unos a otros a través de sus madres, tras aquel toque de atención en la *sinagoga*, los cinco se hicieron amigos.

"¿Vati?". Anita había ido a casa del pastor Hornig para hacer la llamada a larga distancia a su padre que se había mudado a casi cien kilómetros, en Sorau.

"¿Anita?". La voz al otro lado de la línea telefónica parecía sorprendida. "¿Pasa algo malo?".

"Se han llevado a Mutti. Está de camino a Theresienstadt".

"Oh, no, Hilde no. Creí que estaría a salvo". La ansiedad teñía sus palabras.

La reacción de Vati animó a Anita. "Mutti me dijo que te llamara si alguna vez necesitaba ayuda".

"¿Qué puedo hacer?".

"Se han llevado todos los muebles y pertenencias, excepto mi cama. Puedo volver a comprar algunos muebles y cosas personales, pero la *Gestapo* ha aumentado el precio mucho más de lo que yo puedo permitirme". Anita no esperó a que contestara. No sabía si podría soportar otro rechazo. "Me piden mil *marcos*".

"Te mandaré el dinero mañana, hija". Parecía como si

él quisiera decir algo más. "Me alegro de que me lo hayas pedido".

Cuando Anita colgó el teléfono, necesitó un momento para serenarse. Sabía que la relación con Vati nunca sería completa, pero por primera vez, habían conectado.

"¿A Hilde no le encantaría oír esto?", dijo el pastor Hornig cuando Anita le contó la conversación. "Ya sabes que Dios no nos permite guardar rencor, no importa cuánto derecho tengamos a ello. Has dado un paso muy difícil hoy, amiga mía. Dios te honrará por ello".

"Pero lo llamé para pedirle un favor".

"Cuando estamos enojados con alguien, a veces la manera más fácil de solucionarlo es permitir que esa persona haga algo por nosotros". El pastor Hornig sonrió. "Y a veces esa es la forma más dura de hacerlo. Es mucho más fácil ser obstinados y asirnos a nuestro orgullo". Se sentó en su silla. "Has permitido que tu padre entre en tu vida de una manera que lo hace sentirse invitado. ¿Recuerdas que me contaste que tu padre solía comprarte bonitos juguetes?".

"*Ja*".

"Puede que él no fuera capaz de expresarte con palabras su amor. Es un poco torpe con las emociones y las palabras. Se sentía más cómodo dándote regalos. Tú le has permitido darte la única clase de amor que él sabe ofrecer".

El pastor Hornig siempre le daba a Anita algo en que pensar.

❦ ❦ ❦ ❦

Anita recordó muchos años atrás, cuando Hella señaló

lo fácil que era caer en la rutina, por muy difícil que fuera la situación que lo rodeara a uno. Anita cayó en ese tipo de rutina: trabajando duro y ahorrando cada centavo que podía. Cada semana utilizaba su cartilla de racionamiento para comprar un trozo de pan de centeno fresco. El pan era perfecto, como era muy consistente, se podía enviar bien y duraba casi indefinidamente.

Mutti enviaba postales a Anita, dándole las gracias por el pan. Anita sabía que era más que pan: aquellas rebanadas se habían convertido en un vínculo entre madre e hija.

Como Anita enviaba semanalmente el pan junto con cualquier cosa que podía meter en el paquete, intentaba pasar con prácticamente nada y así poder ahorrar su cartilla de racionamiento para la comida de Mutti.

Pensaba que perdería peso y pelo como le había ocurrido en Berlín. Esta vez no perdió ni un gramo de peso y conservaba toda la energía que necesitaba. ¡Qué misterio! No podía explicarlo. Seguía repitiendo las palabras de Mutti: "Dios es bueno". Al menos, tener que confiar en Dios para todo le permitía a Anita ver la protección de su Padre.

Una semana, mientras iba a la panadería, Anita no podía quitarse de la cabeza la idea de que debía comprar pan tostado, seco y duro en lugar de la habitual barra de pan de centeno. No tenía sentido. A Mutti le encantaba el pan de centeno, y la espesa harina y las ricas melazas lo hacían muy nutritivo. ¿Se sentiría decepcionada su madre si recibía el pan seco y crujiente en su lugar? Anita se rindió ante esa fastidiosa sensación y compró el otro pan.

Varias semanas más tarde, Mutti le escribió para decirle que había estado muy enferma y era incapaz de retener la comida. Le contó lo peligroso que era ponerse enferma en un campo de concentración. A menudo los guardias consideraban la enfermedad como un problema, y les gustaba hacer desaparecer sus problemas. No decía nada más que esas crípticas palabras, pero Anita sabía lo que significaban.

Mutti escribió que se acordaba de aquellos días cuando vivían en Zimpel. Cada vez que una de ellas no podía retener la comida dentro, el pan tostado siempre les venía bien. Cuanto más pensaba en ello, más deseaba comer de aquel pan para que le ayudara a componer su estómago. Aquel mismo día llegó el paquete de Anita, lleno de aquel pan que ella tanto deseaba.

Aquel pan fortaleció la fe de ambas. Dios escuchó las necesidades de Mutti y se las arregló para comunicárselas a Anita. Como Mutti escribió a su hija: "¿Queda alguna duda de que el Señor continúa proporcionándonos su ayuda a las dos?".

Necesitaban ese tipo de consuelo. Aunque los alemanes no lo supieran todo sobre los campos de la muerte, los judíos sí lo sabían. Hitler había hecho lo posible para mantener el secreto, pero algunos judíos regresaban. Con los relatos de esos testigos presenciales y los mensajes codificados que conseguían pasar de contrabando, Anita sabía cuál era el futuro probable de Mutti y al final también el suyo.

Theresienstadt había sido construido como un gueto "modelo"; en realidad era una antigua ciudad amurallada, llena ahora de judíos. De vez en cuando, los hombres de Hitler arreglaban algunas cosas y llevaban un grupo de dignatarios a hacer un recorrido por algunos lugares selectos para demostrar que los rumores que se escuchaban no eran ciertos. De hecho, Theresienstadt era un campo de concentración sobrecargado de personas e infestado de insectos, que se utilizaba como parada temporal. Todos los días los guardias cargaban prisioneros en vehículos de transporte y se los llevaban al temido campamento de Auschwitz. Tal como Mutti sospechaba hacía ya muchos años, la solución final de Hitler —tras reunir a los judíos en nudos de concentración cada vez más pequeños y apretados— era hacerlos desaparecer definitivamente.

Anita oraba para que Mutti pudiera permanecer a salvo hasta que alguien detuviese a Hitler.

Para cuando Anita cumplió los diecisiete, Hitler ya no parecía tan invencible. Los aliados —los ejércitos que luchaban contra Alemania— empezaban a conseguir victorias. Los bombardeos se habían intensificado; pero Anita sabía que, aunque las bombas asustaban, Hitler debía ser vencido. Todos los días oraba por sus tres tías, por sus amigos del gueto, por Frau Bott, Frau Wolf y todos los demás. Principalmente, oraba por Mutti.

Por alguna razón, todavía no habían llamado a su puerta. Vivió otro verano en el ahora casi vacío gueto pasando el tiempo que le quedaba libre con Rudi, Wolfgang, Gerhard y Steffi. Santa Bárbara continuaba siendo su familia. Y siempre había horas y horas que pasar en la oficina de la fábrica.

"Anita". Su jefe entró en la oficina donde ella acababa de terminar de rellenar los pedidos que se habían hecho aquel día de agosto. "Hay alguien al teléfono que quiere hablar contigo". Se paró y la observó. Nadie la había llamado nunca por teléfono. Le temblaba la mano cuando levantó el teléfono.

"¿Anita?". Era Steffi.

"¿Qué pasa?".

Steffi se echó a llorar. "He recibido una citación para presentarme en la estación mañana a las diez de la mañana".

"¿Una citación?". *¿Ningún golpe en la puerta? ¿Ningún guardia?*

"¿Podría ser porque somos cristianos y medio arios? No lo sé…". Steffi apenas si razonaba. "Como tú estás en la *lista negra* conmigo, te quería advertir de que tú también puedes recibir una citación".

Anita miró a su jefe que no se había movido. "Si es así, iremos juntas".

Steffi continuaba llorando al otro lado del teléfono. Anita pensó en lo que el pastor Hornig había dicho sobre ser testigos valientes. *Quédate ahí parado si quieres, Herr Boss, le diré la verdad a mi amiga.* "Steffi, no llores. Dios nos protegerá. Nos mantendrá a la sombra de su mano".

Steffi tosió y después dijo: "Gracias. Cómo necesito que me lo recuerden algunas veces".

"Tengo que volver al trabajo. *Auf Wiedersehen*, Steffi".

Cuando Anita llegó a casa después del trabajo, la citación la estaba esperando. Al menos ella y Steffi irían juntas. Dejó caer la carta de las manos y empezó a orar. Le vinieron a la mente aquellas palabras que había dicho el sacerdote hacía muchos años, cuando ella conoció a Jesús en los vitrales: "No te desampararé ni te dejaré".

10

Liberen a los prisioneros

(A)nita leyó la carta con detenimiento y siguió las instrucciones. Se le permitía una bolsa, así que tomó su mochila y metió en ella un cambio de ropa, una olla pequeña, un tazón, un trozo de jabón y utensilios para comer. Aunque las instrucciones advertían que no se debía llevar nada más, Anita envolvió la Biblia en un paño limpio y la puso dentro de la mochila.

No podía dejar de pensar en Mutti. ¿Se preocuparía cuando las cartas y los paquetes dejaran de llegar? Las noticias sobre los arrestos, viajes y movimientos de vigilancia eran considerados secretos de guerra, así que no podía hablar abiertamente de ellos en las cartas a Mutti o al pastor Hornig. *Al menos puedo mandar pan por última vez.* Anita corrió esperando llegar a la panadería antes de que cerraran para comprar una barra de pan y enviársela a Mutti a Theresienstadt. Llegó justo a tiempo para hacerse con una barra de un kilo de pan recién empaquetado. Cuando iba de camino a casa tuvo una idea.

Intentaría colar una nota dentro del pan de Mutti para que cuando las notas y la comida dejasen de llegar, su madre lo supiera. Era peligroso. Mutti le había insinuado en sus cartas que a veces los guardias les robaban la comida a los prisioneros. Si un guardia encontraba la nota por casualidad, podía resultar peligroso para Mutti. ¿Merecía la pena el riesgo? *Padre celestial, protege este pan. Protege a Mutti.*

Anita tomó una pequeña nota de papel y escribió las siguientes palabras: "Querida Mutti, mañana me voy a un campo, así que no te podré enviar más comida por un tiempo. No te preocupes por mí. Estaré bien. Pronto estaremos juntas de nuevo. Te quiero, Anita".

El pan estaba envuelto en el papel celofán habitual que llevaba una etiqueta al final. Anita con cuidado despegó la etiqueta. Con un cuchillo largo y fino hizo un corte en la barra de pan e introdujo la nota todo lo profunda que pudo. Volvió a colocar la etiqueta sobre el celofán. La barra parecía perfecta. Confiaba en que Dios haría el resto.

Ojalá pudiese decirle algo al pastor Hornig, pero ella sabía que el pastor y su familia de Santa Bárbara orarían por ella todos los días como ya habían hecho por Mutti y por muchos otros.

Cuando llegó a la estación a la mañana siguiente, Steffi corrió hacia ella y tomó a Anita de la mano. "Tengo mucho miedo, pero estoy muy contenta de que vayamos juntas. ¿Dónde crees que nos llevarán?".

"No lo sé, pero esta manera de llevarnos es diferente a la de nuestras madres". Anita apretó la mano de su amiga. "No estamos las dos solas, Dios va con nosotras también".

"De hecho, no estamos los cinco solos". Rudi Wolf apareció detrás de ella. Los tres hermanos Wolf habían recibido también las citaciones.

"Mira alrededor", dijo Gerhard. "Somos veinte solo de Santa Bárbara".

"Esto debe haber sido el último barrido. Fíjate cuántos de nosotros somos judíos cristianos o tenemos un padre ario", dijo Rudi.

"¿Quién les dijo que podían hablar?", les gritó uno de los hombres de las *SS* mientras utilizaba su porra para dar un empujón a Rudi. "Arriba, piojosos *Juden*".

Steffi empezó a llorar, pero Anita la introdujo rápidamente en el tren. Cuando pensaban que el vagón ya no podía estar más lleno, empujaron dentro a otros más.

"Por lo menos estos trenes tienen ventanas y asientos", le dijo Anita a Steffi que estaba sentada entre ella y la ventana. "No son los típicos trenes de carga o de ganado que suelen utilizar".

Steffi no respondió.

"Anita". Rudi, que estaba sentado con sus hermanos detrás de ellas, se inclinó sobre el asiento. "Si he oído bien, nos llevan a…".

Dos hombres de las *SS* pasaron por el pasillo del abarrotado vagón, con las armas en la mano. Cuando se alejaron, Rudi continuó. "Barthold. Es un campo cerca de Schmiegrode".

"*¡Halt den Mund!*". El guardia de las *SS* golpeó el borde del asiento de Rudi con la culata de su pistola y le ordenó que se callara. "No deben hablar a menos que se les pida que lo hagan".

El tren traqueteaba a lo largo del paisaje campestre; solo se escuchaban algunos gruñidos y llantos. Anita podía ver el reflejo de Steffi en la ventana cubierta de hollín. Parecía acongojada. *Querido Dios, permanece con estos pasajeros.*

Permanece conmigo. Ayúdanos a enfrentarnos a la incertidumbre sabiendo que Tú vas delante de nosotros. Abrió su mochila, buscó en su interior y le mostró a Steffi una esquina de la Biblia que llevaba. Por primera vez ella sonrió, aunque fuera solo ligeramente.

Tras dos horas, el tren hizo una parada entre humo y chirrido de frenos. "¡Fuera! ¡Fuera!". Los hombres de las *SS* saltaron primero y empezaron a gritar órdenes. Cuando alguien no se movía lo suficientemente rápido, una bota de clavos lo tiraba al suelo de una patada.

Reunieron a las mujeres en un lado y a los hombres en otro, cada grupo emprendió camino —a empujones de los guardias— en direcciones diferentes. Anita contó unas 150 mujeres. Mientras cruzaban la ciudad andando, se preguntó qué pensarían los residentes. Tras salir de allí, caminaron por los bosques durante aproximadamente kilómetro y medio hasta que llegaron a una antigua granja.

"Ese", dijo el guardia señalando la antigua sala de ordeño, "será su alojamiento".

Las miradas de las mujeres lo decían todo. *¿Todas estas mujeres en una sola sala de ordeño?*

"Los hombres se alojarán en las caballerizas". Señaló hacia el otro lado del campo. El alivio se reflejó en las caras de aquellas que habían venido acompañadas de esposos, hermanos o hijos. Cuando los guardias habían separado a los dos grupos, no sabían si iban a poder verse de nuevo.

"Deben agradecer *der Führer* su amabilidad". El guardia se detuvo, pero obtuvo un silencio de piedra como respuesta. "Trabajarán, pero les pagarán por ello, quizá sean los únicos prisioneros del país a los que pagan veinte *marcos* al mes".

Algunas mujeres levantaron las cejas ligeramente como queriendo decir que lo creerían cuando tuvieran el dinero en la mano.

Levantó una palangana esmaltada. "Pueden lavarse en una palangana o en el arroyo que hay ahí. Los aseos están en la parte de atrás. Son unas zanjas al aire libre, pero se acostumbrarán a ellas". Se echó a reír. "Puede que no se acostumbren a los guardias que se pasearán por aquí, pero si la necesidad apremia…".

Steffi, al lado de Anita, tiritó de frío a pesar del caluroso día de agosto. Anita esperaba que fuera lo suficientemente fuerte como para soportar aquello. Los padres de Steffi la habían protegido mucho más de lo que Anita había estado protegida.

"Como todos en Alemania hoy, trabajarán diez horas al día. Si llueve, tendrán el día libre". Se echó a reir. "Sin embargo, no ha llovido en todo el verano".

"Tan pronto como los cocineros sirvan la cena, cenarán: una taza de sopa. También se les dará un trozo de pan, pero guárdenlo para la ración de la mañana. No se les dará nada más hasta la sopa de mediodía". Dicho esto, el guardia las hizo entrar en el lugar y se pasó la mayor parte de la tarde dando reglas y más reglas, de las cuales Anita casi no pudo recordar ninguna.

Cuando se puso a hacer una larga cola aquella noche para que le lanzaran al tazón su ración de sopa con el cucharón, se dio cuenta de que esta sería una época de hambre. La sopa grisácea parecía agua de fregar sucia con virutas de madera dentro. Y no sabía mucho mejor. Tomó el trozo de pan, lo envolvió en un pañuelo y lo colocó debajo de la almohada. Su estómago gruñía con tanta fuerza que ella ansiaba comerse el pan, pero sabía que necesitaría todas sus fuerzas para hacer el trabajo diario.

Por la mañana, solo quedaban unas pocas migas: las ratas se habían comido todas las raciones de la mañana. Anita empezó a trabajar con el estómago vacío. Cavaban zanjas desde la mañana hasta la noche bajo el caluroso sol de agosto. Las trincheras tenían unos dos metros de profundidad y servían para evitar que los rusos cruzaran a territorio nazi. Anita, que apenas si llegaba al metro y medio de estatura, tenía que esforzarse para poder trepar fuera de la zanja por la noche.

"¿Cómo vamos a trabajar tanto con tan poca comida?". Las manos de Steffi estaban llenas de ampollas, y su rostro, bronceado.

"No lo sé. Solo podemos hacerlo con la ayuda de Dios". Anita se enorgullecía de ser fuerte y atlética, pero le dolía cada músculo de su cuerpo. "Sigo oyendo que los aliados están avanzando y que Hitler será derrotado. Oremos para que eso sea verdad".

El trabajo continuó, pero las raciones se fueron haciendo más ligeras. Mes tras mes, todos iban perdiendo peso. El único momento de alegría en el campo de concentración era el estudio bíblico que Anita había iniciado en un rincón del granero y que realizaba casi cada noche. Algunas de las mujeres vinieron una vez, pero no se quedaron; otras que habían sido muy creyentes allá en Breslau se enojaron con Dios. Las que estudiaban la Biblia vieron florecer su fe a pesar del campo de trabajo.

A veces Anita trabajaba con los hombres. Se suponía

que no debían hablarse, pero algunos guardias eran menos estrictos que otros.

"He oído de algunos granjeros comprensivos de la zona que Alemania está perdiendo la guerra", dijo Rudi hablando lo más bajo posible.

"Ten cuidado. Cualquier comentario sobre la marcha de la guerra está estrictamente *verboten*". Anita había visto pegar y pisotear a un hombre por ello.

"Tengo cuidado, pero mantengo los oídos abiertos". Rudi sonrió. "Hay razón para tener esperanza".

Anita siguió manteniendo la esperanza, pero las cosas en el campamento fueron a peor. Los piojos se hicieron tan insoportables que las mujeres casi no podían trabajar. Querían arrancarse el cuero cabelludo. Los guardias al final se las arreglaron para conseguir medicinas contra los piojos. Parecieron funcionar, pero les quemaban la piel, y muchas perdieron muchos trozos de pelo.

Anita se alegraba de que Barthold no tuviera espejos. Su piel había adquirido un tono marrón de trabajar día tras día bajo el ardiente sol. Había perdido tanto peso que se le notaban todos los huesos; y ahora estaba medio calva por la desnutrición y la medicina contra los piojos, la imagen era completa. *No me permitas ser desagradecida, Señor. Estoy viva y todavía tengo esperanzas de encontrar a Mutti después de la guerra. Déjame que siga siendo tu testigo.*

Varios meses después de estar allí, los guardias anunciaron que los prisioneros podían utilizar el teléfono para llamar a alguien de su familia. Podían invitar a esa persona a visitar el campo el domingo siguiente. Por primera vez desde que habían llegado allí, la esperanza y la ilusión infundieron ánimo a los trabajadores.

Anita no tenía a nadie a quien llamar excepto a Vati. *¿Querría venir?*

"Hola. ¿Vati?", dijo desde el teléfono del campo.

"Anita, ¿eres tú?". Su voz sonaba temblorosa. "Me dijeron que te habían llevado. ¿Estás bien?".

"Estoy en Barthold, cerca de Schmiegrode. Nos han dado permiso para invitar a un familiar a visitarnos el próximo domingo". Anita no se atrevía a preguntar.

"¿Puedo ir, Anita?".

Ahora las lágrimas le impidieron contestar de inmediato, pero al final fue capaz de decir: "Sí, por favor".

Las personas hacían cola para utilizar el teléfono, pero Anita se las arregló para decir adiós. *Quiere venir.* Casi no lo podía creer.

※　※　※　※

Vati llegó temprano aquel domingo. Anita lo pudo ver esperando hasta que los guardias le permitieron entrar en el campo. Iba mirando a todas las mujeres intentando encontrarla. Ella no se atrevía a levantar el brazo, pero deseaba que él la encontrara. *Mírame, Vati. Mírame.* Finalmente, sus ojos se encontraron. Ella vio una breve mirada de horror cruzar por su cara antes de reconocer sus rasgos. *Supongo que no ganaría ningún concurso de belleza en este momento.*

Cuando finalmente se acercó a ella, la abrazó y la sostuvo con delicadeza durante un largo rato. Anita no podía recordar los abrazos de Vati. ¿La había abrazado alguna vez? Parecía incomodo al darse cuenta de lo sentimental que estaba siendo.

"Te traje comida". Le tendió una mochila.

"Vamos a sentarnos por aquí en el prado". Ella vio lo feliz que se sentía por haberle traído comida. Le hizo pensar en lo que le había dicho el pastor Hornig sobre la manera que Vati tenía de demostrarle su amor dándole cosas.

Estuvieron juntos hasta que el guardia anunció que era momento de que los visitantes se fueran.

Se abrazaron una vez más antes de que Vati se alejara caminando hacia el tren. Anita lo siguió con la mirada hasta que lo perdió de vista.

11

El valle de los muertos

"¿Oyes esos sonidos?". Rudi apareció sigilosamente por detrás cuando ella dejaba a un lado las herramientas tras terminar el día de trabajo.

"¿Los truenos?". Se quedó escuchando. "Nunca he tenido miedo a los truenos".

"No son truenos". Se detuvo cuando un nuevo sonido pareció agitar la tierra. "Son *migs* rusos".

"¿Cómo lo sabes?". Rudi asombraba a Anita. Siempre parecía saberlo todo.

"Los granjeros franceses de por aquí simpatizan con nuestra causa. Me he hecho amigo de uno. Afortunadamente, tiene una radio". Rudi le hizo un guiño antes de irse.

Anita notó un cambio en los guardias. Estaban tensos y vigilantes, pero los trenes cargados de prisioneros seguían llegando semana tras semana. Anita sospechaba que para noviembre la población de ese campo de trabajo sobrepasaría las quinientas personas.

❧   ❧   ❧   ❧

"Recojan sus cosas". El guardia dijo esto a través de un altavoz. "Vamos a trasladar el campamento. No hay tiempo que perder".

Sin casi aviso previo, dejaron el Campamento Barthold tras tres meses de estar allí. Apenas si importaba. El nuevo campamento cerca de Ostlinde era más o menos lo mismo que el anterior; un poco más superpoblado quizá. Seguían trabajando diez horas diarias, empezando a las cinco de la mañana, pero ahora se dedicaban a cortar y apilar árboles del bosque para hacer una segunda línea defensiva tras las trincheras que habían construido en Barthold.

El tiempo siguió pasando lentamente, al igual que en Barthold: trabajo, dormir poco, muy poca comida. El único momento de alegría era el estudio bíblico. Cuanto más avanzaba el invierno, más frío hacía. Anita no podía recordar un mes tan frío como el de enero de 1945.

"Tengo noticias". Rudi se acercó por detrás de ella en el bosque.

"Vas a acabar metiéndonos en un lío". A Anita le encantaba recibir noticias, pero tenía miedo al castigo.

"¿Cómo podemos mantener la moral alta si no compartimos las buenas noticias?". Los ojos de Rudi todavía brillaban. "Los rusos avanzan sobre el *Reich* en este mismo momento". Alzó el hacha y la dejó caer sobre un tronco con un sonoro crujido.

Anita se dio cuenta de que un guardia se acercaba, pero ella ya había oído todo lo que necesitaba escuchar. *Mantén a Mutti a salvo hasta que los rusos o los aliados liberen Theresienstadt. Y déjame volver con ella.*

La vez siguiente que Anita y Steffi trabajaron cerca de

Rudi, él se las arregló para pasarles algo de información entre ronda y ronda de los guardias.

"Malas noticias, según el granjero que vive cerca de nosotros. Algunos campos de concentración ya han sido liberados, pero lo que están encontrando…".

Las chicas trabajaron en silencio, esperando a que Rudi pudiera hablar de nuevo.

"Hitler ha realizado una exterminación masiva de judíos últimamente. Han matado a seiscientos mil solo en Auschwitz desde que estamos aquí".

Cuando escucharon el sonido de una bota de clavos caminando en el helado bosque, Steffi y Anita empezaron a cantar una vieja canción popular alemana. Cantar era una de las pocas cosas que estaba permitida. Los guardias pensaban que cantar hacía que los trabajadores avanzaran más rápido. Siguieron cantando incluso cuando Rudi les susurraba las noticias. De esta manera, tapaban sus palabras.

"Puede que los rusos estén ya en Theresienstadt… no es seguro. Pero las cosas están mucho peor de lo que nosotros pensábamos". Alzó el hacha y formando un arco perfecto la dejó caer sobre el tronco.

"El tifus. Mi nuevo amigo ha oído en su radio que Theresienstadt es considerado ahora uno de los peores campos, como Auschwitz y Treblinka". Levantó de nuevo el hacha y esperó a que fuera seguro seguir hablando. "Tenemos que seguir orando por nuestras madres… Un milagro; necesitamos un milagro".

Anita oró.

Una noche aquel enero, los guardias les hicieron formar a las nueve y media. El tiempo empeoraba y amenazaba nieve, y el harapiento grupo de prisioneros notaba cómo el aire pasaba cortante por sus finas ropas.

"Recojan sus cosas inmediatamente. Nos iremos a pie dentro de cinco minutos". El guardia parecía tan confuso como sus prisioneros.

¿Otra vez? ¿No se habían trasladado de Barthold hacía un par de meses? Anita tenía la sensación de que estaban intentando ir por delante de los rusos.

Pudo ver a Rudi sonreír desde el otro lado de la formación. En ese momento, ella supo que él y sus hermanos utilizarían la confusión para huir. En silencio le dijo adiós. *Protege a mis amigos, Señor. Sea lo que sea a lo que se enfrenten, dales fuerza.* Él hizo un guiño y desapareció. ¿Cómo pudieron desaparecer tan en silencio tres chicos de casi metro ochenta de estatura?

Steffi y Anita no tuvieron tiempo de pensar en ello. Recogieron sus cosas tan rápido como pudieron y se unieron a la larga cola de mujeres que se preparaban para irse. Anita se miró los zapatos de madera desgastados. Cómo desearía tener unas botas para soportar aquella caminata en pleno invierno.

"Anita, no sé si podré hacer esto". La voz de Steffi sonaba agotada.

Anita no sabía qué responder. Ella también había trabajado todo el día. ¿Lo conseguirían? Honestamente, no lo sabía. "Mira esas sombras que hay en la luna, Steffi. ¿No te recuerdan el versículo del pastor Hornig sobre que Dios nos tiene a la sombra de su mano?". El frío aire hizo que los dientes de Anita castañetearan. "Hagamos todo lo posible y confiemos en que Él nos protege, lo consigamos o no".

"Me gustaría tener tu fe, Anita", dijo Steffi. "Tengo ganas de salir corriendo y no regresar jamás".

"Lo sé". Claro que lo sabía. Casi no podía dar un paso más, y cuanto más avanzaban más espesa era la nieve. "Recuerda que por muy mal que estén las cosas, nunca vamos por delante de Dios".

La cojera de Anita empeoró. Muy pronto, se había hecho una ampolla en el talón. No se atrevió a decir que algo andaba mal. Los guardias preferían disparar a los prisioneros cojos antes que hacerse cargo de ellos. Cuando pararon, su pierna ya estaba toda hinchada y amoratada.

Steffi se puso de cuclillas a su lado y le entregó una nota. "Si me ocurre algo, ¿le darías esta nota a mi madre?".

"No te va a pasar nada, Steffi. Deja de decir esas cosas. Me estás asustando". A Anita casi se le saltaban las lágrimas.

Steffi sonrió a Anita. "No creí que algo pudiera asustarte". Se sentó en silencio un momento. "Si yo desapareciera, esta es la dirección de unos amigos en Bavaria donde mamá podría encontrarme después de la guerra".

Anita por fin entendió lo que estaba sucediendo. "Si te vas, te echaré muchísimo de menos, pero sabes que oraré por ti todos los días hasta que sepa que estás a salvo". Rodeó a su amiga con el brazo.

"Lo sé".

Tras caminar durante días, al final llegaron a su nuevo campamento en la desierta ciudad de Grunberg. Los hombres y las mujeres fueron alojados en edificios vacíos. En este campamento, se les asignaron trabajos inútiles destinados a mantenerlos activos: cada día los prisioneros caminaban casi dos kilómetros hasta un montón de escombros. Trozo a trozo tenían que ir trasladando el montón de un lado de la carretera al otro y después volverlo otra vez a la posición original.

Unos días después, Steffi se fue. Nadie la vio irse ni nadie volvió a saber de ella. Anita la echó mucho de menos.

❧ ❧ ❧ ❧

"Si tengo que volver a mover este montón de escombros una vez más, chillaré y haré que todos esos hombres de las *SS* se nos echen encima", dijo Hella Frommelt. Trabajaba con Anita desde que Steffi había desaparecido. Anita había conocido a Hella Frommelt cuando vino por primera vez a su estudio bíblico en Barthold. Trabajar juntas hizo que intimasen más. Anita siempre sonreía al mirar a esta Hella, tan distinta de su hermana.

"Si chillar hace que te sientas mejor, yo también lo haré. Ahora mismo, chillar me haría bien porque cuanto más apoyo la pierna más me duele". Anita bajó la voz. "Al menos este trabajo inútil es mejor que trabajar para ayudar a Hitler a luchar contra los aliados". Dejó de hablar cuando un guardia se acercó apresurado a comprobar que se mantenían activas. Cuando se fue, Anita se inclinó hacia Hella. "Si te fijas en los guardias, se puede leer en sus caras cómo va la guerra". Prácticamente podía oler el miedo cuando pasaban cerca.

Estaba tomando en sus manos un nuevo trozo de piedra cuando el suelo tembló, y el sonido de un cañonazo hizo que todos se echaran las manos a los oídos. Todos los guardias, menos dos, corrieron hacia sus cuarteles provisionales.

"Tienen que ser cañones rusos". El sonido y el ruido le recordaba los bombardeos de Berlín. Su estómago se encogió ante la idea. Alguien tenía que parar a Hitler, pero Anita sabía cuál era el precio. Se acordó de la devastación de Berlín. "Antes de que termine esta guerra, me temo que no quedará nada en pie en Alemania".

"Alemania y Hitler tienen que pagarlo", dijo Hella tranquilamente.

"¿Sabes qué es lo más gracioso?". *Como si algo pudiera ser gracioso*. "Dios nos pedirá a los cristianos que perdonemos a Alemania". Anita se puso de nuevo las manos en los oídos cuando el sonido de otra descarga pareció rebotar en los árboles. "Además, los alemanes mismos tienen poco que ver con los horrores perpetrados por Hitler; me pregunto cuántos saben lo que está sucediendo. Mira esos granjeros de los alrededores de Barthold y Ostlinde. En cuanto vieron lo que estaba haciendo el *Reich*, hicieron todo lo posible por ayudarnos".

"Lo sé. Si vivo, mi llamamiento más duro será seguir a Cristo en esto". Hella puso el trozo chamuscado que había estado cargando en lo alto del montón y se sentó encima. Con los guardias preocupados, ¿para qué molestarse en fingir que estamos trabajando?

Anita se sentó a su lado y apoyo su hinchada pierna sobre una piedra. "No sé cuántas veces he leído la historia de cómo Jesús perdonó a los que lo crucificaron…, pero hasta hace poco, no me di cuenta realmente de la grandiosidad de este acto". Anita suspiró. "Piensa; sería como entrar en una de esas cámaras de gas de Auschwitz y pararse para pedir a Dios que perdone a Hitler y a todos sus guardias, incluso a esos mismos que nos están empujando a la muerte".

"Creo que eso es imposible, a menos que seas Dios", dijo Hella.

"O a menos que tengas el Espíritu de Dios dentro de ti". El fuego de los cañones y de la *artillería* parecía aumentar su intensidad. "¿Crees que deberíamos ponernos a cubierto o algo?".

"A la ciudad. Regresen a los cuarteles". Un guardia que venía de los barracones comenzó a dar órdenes a gritos. "¡Ahora! ¡Deprisa!".

Otro guardia llegó con su rifle en la mano. Había puesto una *bayoneta* en la punta. "En marcha, rápido".

El grupo de trabajadores se apresuró hacia el edificio de ladrillo en el centro de Grünberg donde los habían instalado. Anita cojeaba intentando seguirlos. En cuanto los guardias terminaron de hacer el recuento de cabezas, cerraron la puerta. Anita se acercó a la ventana y limpió el sucio cristal haciendo un círculo para poder mirar a través de él. Los guardias rodeaban el edificio, con las *bayoneta*s listas. *¿Están intentando mantener a los prisioneros dentro o tratando de mantener a los otros alejados?* La atestada habitación estaba inundada de miedo. Las mujeres lloraban abiertamente.

Anita sentía punzadas en la pierna. Cuando un ligero resplandor de la luna iluminó un poco el suelo, ella intentó mirar su pierna: parecía haberse oscurecido, estaba casi negra y al tocarla se la notaba caliente. *¿Todo esto por culpa de una ampolla? ¡Señor, ahora no!*

El bombardeo continuó. Si el edificio era alcanzado, ¿los

dejarían allí encerrados sin posibilidad de escape? Con las historias que habían escuchado sobre la crueldad de los rusos y las *atrocidades* que habían cometido, Anita y Hella se preguntaban si tenían que tener más miedo de los liberadores rusos que de los guardianes nazis. Nadie durmió aquella noche, mientras los ataques se intensificaban.

Con la luz del día, llegó la quietud.

Los guardias entraron en la habitación con las *bayonetas* cruzadas. "Recojan sus cosas".

Anita intentó levantarse, pero el dolor de la pierna era insoportable. ¿Cómo podría seguir andando? *Señor Jesús, debes encontrar la manera.*

Cuando Anita iba cojeando en la fría mañana, se pararon allí dos viejos carros de caballos.

"Arriba, arriba". El golpe de un rifle en su espalda le hizo salir impulsada hacia delante.

Hella, que ya se había subido al carro, extendió ambas manos para recoger a Anita y ayudarla a subir. La madera áspera del carro le arañó la pierna, y el dolor casi le hizo que se le doblara la rodilla buena.

"No dejes que te vean que estás herida, Anita", susurró Hella.

Mientras las mujeres se colocaban en el carro, los conductores arrancaron. Su conductor era un prisionero de guerra polaco, al que se le había obligado a hacer aquello. Los carros rodaron por la sucia carretera. Anita sentía cada bache y cada agujero del camino. Apretó los dientes y cerró los ojos para no chillar de dolor. *Padre… ¡ayuda!*

Anita debió haberse quedado dormida porque el sol estaba ya alto en el cielo. Todavía iban dando tumbos por la carretera. Las mujeres que habían dejado atrás esposos o amigos lloraban en silencio. Otras parecían como anestesiadas. Los únicos guardias eran dos *SS* que los seguían en bicicleta a gran distancia, tratando de forma absurda de pedalear a través de la densa nieve.

"¿Anita, estás despierta?", susurró Hella. "Esos guardias no pueden alcanzarnos. Si escapamos, tendrían que quedarse con los carros".

"Puede que tengas razón. Pidámosle a Dios que nos muestre el momento adecuado". Anita miró la nieve alrededor y supo que su rastro podría ser seguido con facilidad si alguien se molestaba en seguirlas. Mientras hablaban, su destino apareció ante sus ojos: un campo de exterminio desierto cercado de alambre.

"Quiero sobornar de alguna manera al conductor", dijo Anita.

Hella negó con la cabeza. "Eso no funcionará. Si lo atrapan, pagará con su vida. Además todo lo que tengo son veinte *marcos*".

En aquel momento, tres de las otras chicas decidieron correr hacia el bosque. "Vengan con nosotras".

"No puedo". Anita levantó un poco el vestido y señaló su pierna.

"Y yo me quedaré con Anita", dijo Hella.

"¿Alguna de ustedes tiene un paquete de cigarrillos?". Anita sabía que los cigarrillos a veces funcionaban bien como soborno.

"Toma", dijo una de las chicas lanzándole un paquete de cigarrillos sin abrir antes de saltar del carro y echar a correr hacia el bosque.

Anita no podía respirar de miedo, pero nadie salió tras ellas. *Gracias, Jesús*.

"Abajo", gritó uno de los guardias que finalmente había alcanzado el carro, el cual había ido disminuyendo la marcha. "¡Abajo! Póngase en fila delante de las puertas".

Una a una, las aterrorizadas mujeres saltaron fuera de los carros. Por las caras de algunas, se podía adivinar que sabían que se encontraban en un campo de muerte. Anita retrocedió. No quería bajarse delante del guardia. Él se daría cuenta de que tenía mal la pierna en cuanto ella intentara moverse.

Cuando ya solo quedaban unas cuantas mujeres, el guardia dijo: "Necesito a dos de ustedes para que traigan suministros al campamento".

"Iremos Hella y yo". Anita se preguntaba si era esta la oportunidad que estaban esperando.

Les dio la dirección y unas instrucciones adicionales al conductor. Cuando las puertas se cerraron tras los prisioneros, el carro echó a andar carretera abajo. Anita oraba, pidiendo a Dios que cuidara de sus amigos. Se acercaron al conductor.

"Por favor, llévanos a la estación de tren". Anita le tendió el paquete de cigarrillos y el dinero.

Hella abrió mucho los ojos. Anita sabía lo que estaba pensando: acababa de poner sus vidas en manos de un extraño.

"Oremos", le susurró a Hella.

El conductor sonrió y alargó su mano para tomar el soborno. *¿Arriesgaría su vida por un soborno tan insignificante?*

"¿Sabe donde está la estación de tren?". Anita se preguntó si no habría interpretado mal lo que parecía una señal de estar de acuerdo.

"*Ja, ja*".

Arreó al caballo para que se pusiera al trote y salieron. A poca distancia del campo, apareció la estación de tren. Anita le pidió que las dejara allí, ya que veía soldados nazis armados patrullando la estación. El hombre hizo un saludo con el sombrero y les guiñó un ojo cuando saltaron del carro.

La pierna de Anita se dobló cuando se posó en el suelo. *¡Ahora no, Señor!* Caminaron hasta la estación.

"Trata de hacer como que somos dos chicas del pueblo que están huyendo de los rusos". Anita se imaginaba que con todos huyendo de los invasores y dado que el campo de muerte parecía vacío desde hacía tiempo, nadie sospecharía que eran trabajadoras tratando de escapar.

Justo cuando llegaron al andén del tren, las tres chicas que se habían escapado primero salieron del bosque. *Bien, parecemos dos grupos distintos de amigas del pueblo que se conocen.*

Saludaron a sus amigas, y mientras Hella les explicaba el plan, Anita habló con uno de los soldados: "Señor, nos han aconsejado que huyamos de los rusos. Hemos oído hablar de su brutalidad, y nuestros padres quieren que nos pongamos a salvo fuera de la ciudad. Ellos se fueron la semana pasada, nos reuniremos con ellos en Sorau.

El soldado sonrió. "Esas trenzas rubias me recuerdan las de mi hermana pequeña. Está siendo una guerra muy larga". Movió la cabeza. "Espero que ella no se encuentre en este tipo de peligro". Señaló hacia un tanque ruso capturado que estaba encadenado a un vagón de carga del tren. "Vamos en esa dirección. Puedo preguntarle a mi superior si le importa que ayudemos a cinco jovencitas alemanas asustadas, pero irán muy apretadas en el tanque".

Anita sonrió: "Desde que empezó la guerra hemos perdido peso. Casi no ocupamos espacio en una habitación".

Él se echó a reír y fue a pedir permiso.

"Probablemente piense que esta será una buena historia que contar cuando acabe la guerra: un tanque destruido, subido en un vagón de carga y cargado con cinco jovencitas". Hella se rió. "Es una buena historia, solo que él no conoce la verdadera historia".

Conseguido el permiso, el soldado ayudó a las chicas a entrar en el tanque. Cuando estuvieron dentro, sintieron la sacudida del tren y supieron que se habían puesto en marcha. El sonido metálico de la ruedas del tren contra las vías parecía reverberar contra el metal del tanque. Las cadenas que lo sujetaban al vagón de carga chirriaban y golpeaban, pero dentro del tanque destruido ellas sabían que se dirigían hacia la libertad. Tras dar gracias a Dios, Anita dejó que aquel sonido la fuera adormeciendo, mientras el soldado escuchaba su radio.

Cuando despertó, pudo ver a través de los jirones de metal que había anochecido. Las otras chicas se movieron también. Su viaje desde Grünberg las había dejado exhaustas.

"¿Dónde estamos?". Anita ya estaba completamente despierta. "¿Hemos pasado ya Sorau?".

"*Ja*. Por desgracia, los rusos se están reuniendo para tomar Sorau. Decidí dejarlas dormir y despertarlas cuando llegáramos a Berlín".

Anita sabía que era preferible no ir a Berlín. Hella tenía familiares alemanes en Bautzen. "¿Nos puede dejar cuando paremos en Fürstenwalde? Tomaremos un tren a Dresden y luego a Bautzen".

"Puedo hacerlo, pero ya saben que con la guerra el servicio de trenes no es muy fiable". Parecía triste por tener que decir adiós.

Cuando el tren paró en Fürstenwalde, Anita dijo: "Espero que vea pronto a su hermana pequeña". Él las ayudó a bajar del tanque. "Gracias".

Cuando posó el pie en el andén, un fuerte dolor le subió por la pierna. Su muslo tenía el doble de su tamaño normal. Mientras lo miraba, se dio cuenta de que el Señor no solo la había permitido escapar, ni siquiera había tenido que dar más de dos pasos para hacerlo. Su pierna necesitaba cuidados, pero ella sabía que Él la había salvado. Tenía que haber también una razón para lo de su pierna.

"Las dejamos aquí", dijeron las tres amigas. "Nuestros contactos están en Rostock". Ellas eran de las pocas en el campamento que habían recibido una pequeña porción de los salarios prometidos. Casi tenían lo suficiente para comprar los boletos y subirse al tren.

"Te di todo el dinero que tenía para el soborno", dijo Hella. "¿Tienes alguna buena idea?".

Anita buscó en la ahora estropeada mochila y sacó el monedero que Mutti le había dejado hacía muchos meses.

"He guardado este dinero para intentar comprar un día la libertad de mi madre como han hecho algunos, pero los rumores dicen que Theresienstadt ya ha sido liberado". Agarró su monedero. "Lo que más deseo es llegar hasta mi madre".

Tomaron algo de aquel dinero y compararon sus boletos para Bautzen, con transbordo en Dresden.

Menos de una hora más tarde, estaban sentadas una al lado de la otra en un tren, como ciudadanas alemanas normales, mirando por la ventana. *¿Cómo puede ser?* Anita se hubiera pellizcado para comprobar si esto no era un sueño, pero el dolor que sentía en la pierna no era un sueño, era una pesadilla. Anita se preguntaba qué sería de Mutti. *Dios, mantenla a salvo y permíteme que la encuentre.* Muchos otros vinieron a su mente mientras el tren rodaba por el oscuro paisaje campestre; Anita sabía que las tierras estaban llenas de campos de trabajo y, lo que es peor, de campos de muerte. Se preguntaba si volvería a ver alguna vez a *Tante* Käte, a *Tante* Elsbeth o a *Tante* Friede. ¿Y qué sería de Wolfgang, Gerhard y Rudi? ¿Steffi habría conseguido la libertad? ¿Estaría el pastor Hornig a salvo? Vati vivía en Sorau. ¿Estaría él, incluso ahora, huyendo de los rusos? Anita dejó su cara apoyada en la oscura ventana para que nadie pudiera ver las lágrimas que rodaban hasta su regazo.

"Anita, despierta". Hella la sacudió. "Tenemos que cambiar de tren en Dresden".

Cuando salieron del tren, las sirenas de aviso de bombardeo empezaron a sonar, como aquellos días en Berlín. Las personas corrían por todas partes, gritando.

"¡A los refugios!". El personal del tren empezó a dirigir a todo el mundo hacia los refugios que había debajo de la estación. "¡Todos a los refugios!".

"Vete, Hella", dijo Anita. "Yo no puedo bajar todas estas escaleras con la pierna así".

"Te ayudaré".

Las sirenas continuaron sonando. "No. ¡Vete!". Anita

empujó a Hella hacia las escaleras. "No importa lo que pase, estaré a salvo con Dios".

Hella prácticamente se vio empujada escaleras abajo por la masa de personas. Anita le lanzó un beso con la mano. Casi inmediatamente después, escuchó estallar la primera bomba. El edificio se movió con la sacudida. Anita se tambaleó, pensando que tendría más oportunidades fuera que enterrada en un edificio.

Recordó las palabras del Señor: "Y en tu boca he puesto mis palabras, y con la sombra de mi mano te cubrí", cuando las bombas empezaron a llover sobre la ciudad. El suelo se estremeció con los ataques. El ruido entraba ardiendo por el oído de Anita y parecía bajar hasta su mandíbula. "Déjame pasar a través del fuego", oró enviando las palabras hacia el cielo iluminado por las bombas.

El aire parecía hacer eco como si hubieran extraído todo el oxígeno del mundo de una vez. El cielo explotó en una llama de fuego naranja, y el humo se elevó en negras columnas hacia el cielo.

12

Todas las piezas unidas

"Busque una cama para esta chica inmediatamente". La doctora llamó a la enfermera para Anita. "Rara vez he visto una sangre tan infectada como esta. Esta chica podría perder la pierna".

Anita se encogió recordando aquellos tiempos casi olvidados en los que bailaba sobre el escenario del pabellón Century de Breslau. ¿Perdería la pierna ahora? Había perdido ya demasiado durante aquellos doce años. La doctora tenía manos delicadas y una sonrisa animosa. Anita confió en ella inmediatamente.

La doctora habló de nuevo a la enfermera: "Prepárela para una intervención quirúrgica para que le pueda insertar unos tubos de drenaje".

La enfermera, Fräulein Grete, llevó a Anita un camisón y le ayudó a subirse a la cama. "¡Qué pena!", dijo la enfermera. "Un bonita niña aria como tú tiene que reponerse completamente de nuevo".

Oh, oh. Anita fingió dormirse para no enfrentarse al peligro de que la enfermera descubriera el engaño. Por supuesto, los nazis todavía dirigían el hospital, pero la mayoría de ellos solo eran nazis de nombre; excepto su enfermera. Anita había visto muchos nazis convencidos a lo largo de estos años y reconocía aquel fervor en Fräulein Grete. Lo cual era signo de problemas.

Después de sobrevivir a los bombardeos de Dresden (más de ciento treinta mil personas murieron aquella noche), Anita había podido encontrar a Hella. Al final consiguieron llegar a Bautzen. Para entonces, la pierna de Anita estaba tan infectada que Hella la llevó directamente al hospital. La fiebre de Anita llegaba a los cuarenta grados cuando llegaron allí.

Todo lo que ella quería era ir a Checoslovaquia y encontrar a Mutti. En su lugar, tuvo que pasar por una operación quirúrgica. Fräulein Grete acarició el pelo de la chica y le sonrió con simpatía cuando puso la máscara de éter sobre su cara.

❧ ❧ ❧ ❧

Una luz brillante sobre su cabeza hirió los ojos de Anita. *¿Dónde estoy? Ah, sí…* Buscó su pierna bajo las mantas. *Gracias, Dios.* Todavía tenía las dos piernas.

La amable doctora reía feliz. "He oído hablar de aquellos que hablan bajo la influencia del éter, pero nunca nada parecido a esta chica". La doctora movió la cabeza. "Ha pasado por más que la guerra…".

Apareció ante ella cara de Fräulein Grete. Los ojos de la mujer estaban entrecerrados, y su labio superior se curvaba en un gesto de odio. "*Ja*, lo ha contado todo". La enfermera empujó a Anita contra la cama haciendo que el dolor le subiera desde el pie hasta la pierna.

Desde ese momento, la enfermera trató a Anita con crueldad e intentó que se sintiera miserable. A veces Anita escuchaba que Fräulein Grete murmuraba despectivamente *judía*. Dejaba muy claro que a ella le encantaría que su paciente muriera.

Fräulein Grete hizo lo posible para que la pierna de Anita siguiera infectada y evitar que la doctora se diera cuenta. Siempre se las arreglaba para que la doctora pasase de largo por la habitación de Anita diciéndole que estaba ya casi curada. La enfermera se negaba a cambiarle los vendajes o a limpiar la herida, así que el estado de la pierna empeoraba día a día.

Cuando Hella vino a visitarla, echó un vistazo a su amiga; su temperamento estalló y salió de la habitación.

Cuando volvió una hora después, traía a la doctora con ella. Más tarde le contó a Anita lo que había sucedido. "Tuve que averiguar dónde vivía la doctora e ir directamente hasta allí y llamar a su puerta".

"No harías eso…". Anita se puso una mano sobre la boca, asombrada.

"Sí que lo hice. La doctora evidentemente estaba durmiendo". Hella sonrió. "Le dije: 'Mi amiga está en su hospital muriéndose porque una de sus enfermeras no quiere que ella esté bien cuidada. Debe ayudarla'. Le dije que tú me habías dicho que ella había sido amable contigo y que te había ayudado".

"Oh, Hella…".

"Al principio parecía confusa. Dijo que Fräulein Grete le había dicho que te estabas recuperando bien y que no hacía falta que ella la supervisara dado que el hospital estaba muy sobrecargado de pacientes".

"¿Hizo eso de verdad?". Anita debería haberlo sospechado.

"La doctora se enojó y me pidió que esperara mientras se vestía".

Desde ese momento en adelante, Fräulein Grete rara vez pasaba por la habitación de Anita, pero ella todavía tuvo que pasar por cuatro operaciones durante muchas semanas hasta que se le curó la infección. Incluso después de eso, tuvieron que dejarle tubos de drenaje en la pierna y el muslo.

Cuando finalmente pudo salir de la cama, Anita descubrió que tenía que aprender a andar de nuevo. Hella venía al hospital y se pasaba horas ayudándola a pasear arriba y abajo por los pasillos.

Una mañana, cuando Anita se levantó sola de la cama, la gasa del vendaje se deslizó. Hella vio unas feas cicatrices, la piel en carne viva y heridas abiertas. Suspiró. "¿Por qué permite Dios que te pase esto? Siempre has sido fiel. ¿Cómo puedes seguir creyendo que se preocupa por ti?".

Las angustiadas preguntas de Hella se parecían a las que sonaban por toda Alemania. Todas empezaban siempre con "¿Cómo puede un Dios amoroso permitir...?".

Anita tomó las manos de su amiga entre las suyas. "Hella, mira. Todavía tengo la pierna, ¿no? Eso significa que todavía puedo caminar hasta Checoslovaquia si es necesario".

"Pero si Dios te permite conservar la pierna, ¿por qué no puede evitarte todas esas cicatrices y todo el dolor?". Hella parecía enojada.

"No lo sé. Hay muchas preguntas que no tendrán respuesta hasta que lleguemos al cielo. ¿Recuerdas el versículo que solíamos leer en nuestro estudio bíblico allá en el granero de Barthold? Romanos 8:28. ¿Te acuerdas? 'Y sabemos que para los que aman a Dios, todas las cosas cooperan para bien, esto es, para los que son llamados conforme a su propósito'".

"¿Llamarías a esto bien?". Hella levantó la ceja e hizo un gesto señalando la pierna de Anita.

"Pero todavía no hemos visto la parte en que "todas las cosas cooperan". No tenemos idea de cómo todo esto encaja en el plan general. Pero yo no dudo de que lo haga.

Aún estaba demasiado débil unos días después cuando escucharon un sonido familiar que hacía eco por todo el hospital: *artillería*. Casi sin aviso previo, los empleados del hospital llevaron a los pacientes a un abarrotado refugio antibombas preparándose para la invasión rusa.

Los aterradores días se convertían en noches en vela. Pasaron ocho días hasta que los rusos tomaron la ciudad. Anita tenía que compartir la cama con otros tres pacientes. El hospital hacía todo lo que podía, pero no había comida ni medicinas. El hambre batallaba con el dolor.

No había nada peor que el miedo. Los rusos odiaban a los alemanes por lo que habían hecho. El ejército invasor ruso tomaba ciudad tras ciudad por toda Alemania y, cuando lo hacían, destruían propiedades, torturaban ciudadanos y capturaban soldados, enviándolos en trenes hacia los campos de prisioneros de guerra en Siberia.

Cuando los soldados rusos finalmente bombardearon el refugio del hospital, todos creían que iban a morir. Los hombres fueron brutales. Los pacientes ancianos eran apilados contra los muros de piedra; los hombres eran golpeados; las mujeres maltratadas. Cuando dos soldados agarraron a Anita, ella cerró los ojos y oró. En el forcejeo, su camisón se abrió, y los soldados vieron su pierna llena de feas heridas y de drenajes. Uno de los soldados sintió nauseas, y el otro la dejó caer al suelo. Durante el resto del ataque, la dejaron en paz.

Cuando finalmente se fueron, ella en silencio dio gracias a Dios porque ninguna de las personas del refugio había muerto. Por aterrador que hubiera sido el ataque, ella podía ver la mano protectora del Señor en todo aquello y veía que hoy "todas las cosas habían cooperado para bien" de una manera que nadie podría haber previsto. Las feas heridas de su pierna, esas heridas que Hella Frommelt odiaba, la habían salvado.

Otros continuaban sufriendo, y aunque Anita estaba a salvo, sufría por los demás. Recordaba la pregunta de Hella sobre por qué Dios permitía este tipo de sufrimiento. Cuando alguien hacía esta pregunta, siempre parecía que Él era el responsable del mal. Pero Anita sabía que la maldad nunca era una elección de Dios. Anita miró a su alrededor a los asustados pacientes, doctores y enfermeras. Sabía que Dios lloraba con todos ellos.

Cuando resultó seguro salir fuera del refugio anti-bombardeos, Anita se apresuró a llegar a su antigua cama esperando encontrar la Biblia que el pastor Hornig le había regalado hacía tantos años. ¡Cuánto la había echado de menos en aquellos ocho largos días en el refugio!

Estaba boca abajo en una mesa, sucia y arrugada. Muchas de sus páginas estaban rotas. Cuando Anita muy a su pesar la tiró a la basura, no pudo evitar acordarse de Teddy: el gastado y tan querido Teddy. A veces perder ciertas cosas dolía casi tanto como perder a las personas. *Auf Wiedersehen,*

Biblia. Gracias, Señor, por dejármela tener durante todo este tiempo.

Los rusos habían retrocedido temporalmente, y todo el hospital fue evacuado a Sudetenland, un lugar más seguro en las montañas entre Alemania y Checoslovaquia.

Cuando Anita salió por fin fuera a un día frío y soleado, dio gracias a Dios por curarle la pierna y cuidar de ella durante todo aquel tiempo.

Ahora a encontrar a Mutti…

Pero la guerra había hecho estragos. Anita oraba entre la confusión. *Dios, permíteme llegar de alguna manera a Theresienstadt y encontrar a Mutti con vida.* No sería fácil. A los rusos les parecía una aria. Para los checos, su idioma la convertía en sospechosa; y para los alemanes siempre sería una judía.

El país estaba destrozado. Por todas partes, lo único que Anita veía era montones y montones de edificios quemados y derrumbados. Era bueno que la guerra hubiese terminado, pero los vencedores no habían ganado más que despojos: todo estaba en ruinas.

Las personas vivían en el caos. Hitler se había suicidado en el interior de su búnker en Berlín cuando los rusos colocaron la bandera roja sobre la ciudad. Toda la extensión de la maldad nazi se iba desvelando poco a poco. El mundo reaccionó con horror. Ahora todos parecían odiar a los alemanes, especialmente aquellos cuyos países habían sido sometidos brutalmente por los nazis. Los mismos alemanes sentían repulsión ante las *atrocidades* cometidas bajo la *Swastika*. En la confusión, nadie se molestaba en averiguar si un alemán había sido nazi o no.

Como las personas habían sido desplazadas y asentadas en otros lugares, parecía como si todo el país estuviese intentando regresar a casa o reunirse con los familiares desaparecidos o hechos prisioneros. Pocas casas permanecían indemnes. Viajar casi era imposible, y la mayoría de los que estaban intentando encontrar a los miembros de su familia carecían de dinero. Permanecían en campos de reasentamiento o en campamentos de la Cruz Roja instalados por todas partes.

Mientras viajaba, a Anita solo le quedaban sus pantalones de ski de profundos bolsillos que le llegaban a la rodilla y la parte de arriba de un pijama que le servía de blusa. En aquellos profundos bolsillos, llevaba algo de papel higiénico, su cartilla de racionamiento, un trozo de lápiz, un bolígrafo, un peine roto y el monedero de Mutti. Todavía le dolía la rodilla, y caminaba cojeando, pero deseaba llegar a Theresienstadt para ver si alguien le podía decir algo sobre Mutti.

Sin embargo, antes de poder ir a Checoslovaquia necesitaba un pasaporte. Fue a la oficina de pasaportes de Asch para solicitarlo. El hombre que la atendió parecía preocupado.

"Para un alemán no es seguro viajar a Checoslovaquia en estos momentos. Los checos sufrieron mucho con Hitler y odian a los alemanes".

"Aun así tengo que ir", dijo Anita. "Confío en que Dios me proteja".

"¿Por qué tiene que ir obligatoriamente?".

"Tengo que encontrar a mi madre. Se la llevaron a Theresienstadt". Respondiendo a su amable interés, le habló de Mutti y del campo de Barthold. No se dio cuenta de cuánto había hablado hasta que vio la pena reflejada en su cara.

"Hija", dijo él, "prepárate para lo peor. Muchos de los prisioneros que no fueron enviados a Auschwitz murieron de una epidemia de tifus que barrió el campo. Cuando los rusos los liberaron, los prisioneros estaban a un día de terminar la construcción de las cámaras de gas que hubieran utilizado para exterminarlos a todos". Movió la cabeza incrédulo. Parecía estar hablando más para sí mismo que para ella. "Los nazis trataron de quemar toda evidencia antes de que llegaran los rusos, incluidas las personas".

Anita no pudo soportar escuchar más. Abrió el monedero que Mutti le había dejado tantos meses atrás y encontró dinero suficiente para comprarse el pasaporte y todavía le quedó dinero para el tren a Leitmeritz. El hombre le informó detalladamente de todos los detalles sobre el pasaporte. Cuando se lo dio, anotó encima: "Victima del nazismo".

Anita todavía era consciente del peligro, así que cuando entró en el tren decidió no hablar con nadie. En cada parada en Checoslovaquia, subían cada vez más personas al tren. Se reían y hablaban unos con otros en los pasillos. Anita temía que alguien se dirigiese a ella y la escucharan hablar en alemán. *Dios mío, protégeme.*

Se despertó de repente cuando una mano le tocó el hombro. Dio un respingo y se giró para ver de quién se trataba. Un hombre joven, de pelo moreno y rizoso le sonrió y empezó a hablar con ella en checo.

Ella movió la cabeza. Sus ojos se oscurecieron cuando

le preguntó en checo si era alemana. Ella dijo que sí con la cabeza y le enseñó el pasaporte. Él lo leyó y apoyó la cabeza durante un momento en su asiento

"Yo también soy judío", dijo en un alemán defectuoso, mientras se sentaba en el asiento de al lado. "Me llamo Peter".

Regresaba de un campo de concentración para intentar buscar a su familia que se había quedado en Praga, aunque le habían dicho que él era el único sobreviviente.

Hablaron durante largo tiempo. Anita en silencio agradeció a Dios que le enviara a alguien que viajara con ella y hablara por ella.

Cuando llegaron a Praga, él dijo que cambiaría de tren y viajaría con ella a Leitmeritz. No le importaba tener que esperar para ver su casa quemada en Praga. Cuando el tren llegó por fin, ayudó a Anita a bajar y fue a hablar con un policía.

"Ahora tengo que despedirme. No tengo mucho, pero aquí tienes ciento cincuenta *coronas* para que te ayuden".

"Gracias, Peter. Oraré por ti".

Sus ojos marrones se arrugaron en una sonrisa de reconocimiento". "Ese policía ha accedido a llevarte hasta Theresienstadt. Estarás a salvo, amiga mía".

"*Auf Wiedersehen*", dijo Anita cuando él se fue. *Auf Wiedersehen*.

El policía llevó a Anita los ocho desgarradores kilómetros que quedaban hasta las puertas de Theresienstadt. Los escombros llenaban las carreteras. Las bombas se habían llevado trozos enteros de ellas. Mientras conducía, el policía le decía en un defectuoso alemán que no se hiciera demasiadas ilusiones.

Con tanta muerte, no era de extrañar que todo el mundo le hiciese tantas advertencias. Solo muy pocos volverían a ver de nuevo a sus seres queridos.

Theresienstadt apareció ante sus ojos. Cuando vio los enormes muros de piedra de la fortaleza, se preguntó qué habría pensado Mutti al ser tragada por las enormes *fauces* de aquella prisión.

Al llegar a las puertas, vio la señal de la calavera y las tibias cruzadas que indicaban *cuarentena*. El estómago se le encogió. El policía abrió la puerta del auto, y ella salió y se acercó al guardia.

"Lo siento, señorita, no podemos permitir que nadie entre hasta que la epidemia de tifus sea declarada oficialmente finalizada". El guardia parecía apenado.

Anita dejó caer las manos a los lados y se quedó allí parada ante la garita, llorando en silencio. No tenía palabras.

"Siéntese aquí", dijo el guardia.

El policía habló: "Entendemos que la epidemia ya está terminada en todos los aspectos menos en el oficial. ¿Podría dejarla entrar para que averigüe qué ha sido de su madre? Dejarla aquí afuera es demasiado cruel. La verdad, por dura que sea, es mejor que la incertidumbre".

"Gracias", consiguió decir ella ante las palabras del policía.

Los dos hombres se apartaron un momento para consultar entre ellos. Al volver, el primero dijo: "¡Entre, pues!". Giró hacia el policía. "Llévela hasta aquel edificio blanco. Déjela allí, dese la vuelta y márchese".

Las lágrimas continuaban cayendo por el rostro de Anita. "Gracias".

Cuando salió del vehículo, se despidió del policía dándole las gracias. ¿Cuántas personas como esta le había proporcionado el Señor a lo largo del camino para ayudarla? Ella nunca los olvidaría.

Todo parecía desierto dentro de aquel enorme campo, aunque ya eran casi las doce del mediodía. Mirando las calles en aquel tranquilo día de junio, era difícil imaginarse la miseria de cientos de miles de personas aprisionadas dentro de aquellos muros. Anita en cierta manera esperaba encontrar el mal colgado de las paredes. En su lugar, vio un pájaro posarse sobre un montón de suciedad apilada en el patio.

Fue cojeando hasta el edificio principal y llegó justo cuando la anciana mujer que estaba a cargo de esta oficina regresaba de la comida. "Estoy buscando a mi madre, Hilde Dittman".

Anita vio simpatía en los ojos de la mujer. Seguramente había estado con la Cruz Roja cuando se hicieron cargo del campo. "Dittman, Dittman". La mujer abrió un archivero. "El nombre no me suena". Miró la lista de sobrevivientes. No, no la veo aquí.

Anita oró en silencio. *Por favor, Señor, déjame aceptar lo que sea. Déjame que recuerde que todas las cosas cooperan para bien según tu propósito…*

"Siéntate, por favor. Tengo que mirar en otro sitio".

Anita se sentó y esperó. *¿Cuánto hacía que se habían llevado a Mutti? A ella le parecía toda una vida, pero si estábamos a 7 de junio, solo hacía dieciocho meses. Parecían años.* El tiempo pasaba lento, mientras la mujer miraba archivos en otra habitación. Cinco minutos. Diez minutos.

Seguro que si estaba allí, ellos lo sabrían. *Señor, guárdame de la desesperación.*

La amplia sonrisa en la cara de la mujer al volver a la habitación dijo más de lo que podían decir las palabras: "Hilde Dittman está bien. Aquí tiene su dirección. Está en el tercer piso con otras tres mujeres".

Anita no podía hablar. Se rodeó con los brazos, se sentó en el banco y comenzó a mecerse de alegría.

La mujer sonrió. No debía haber visto demasiadas escenas felices tras la mesa de su despacho. "En el archivo dice que tu madre rechazó ser llevada en autobús a Breslau porque quería esperar por si venías. Los autobuses salieron esta mañana. No la habrías encontrado aquí de lo contrario".

Gracias, Padre celestial, por amarme y cuidar de mí. Gracias por hacer que mi madre esté a salvo. Gracias. Gracias. Anita recordó aquellos días en los que ansiaba que Vati la reconociera. Ahora estaba en paz con Vati, pero lo que había aprendido era que no importaba lo que hiciera el padre terrenal, ella siempre tendría al Padre celestial que vigilaba cada uno de sus movimientos.

Anita tomó la dirección y caminó calle abajo. Fuera del edificio, vio a una mujer que bajaba las escaleras. "Me llamo Anita Dittman. Estoy buscando a mi madre. ¿Usted la...?".

La mujer abrazó a Anita. "Me parece como si ya te conociera, Anita. Tu madre habla de ti todos los días. ¡Ven, ven!".

Anita la siguió escaleras arriba hasta un ruinoso edificio. Ignoró el fuerte dolor de su pierna todavía convaleciente. Cuando la puerta se abrió, vio a una Mutti mucho más delgada sentada con el albornoz rosa que Anita había dejado en el suelo de la *sinagoga* hacía tantos meses.

"¡Mutti!". Anita se abalanzó sobre su madre y la abrazó.

Mutti parecía aturdida al principio, pero los ojos se le llenaron de lágrimas. "*Mein Liebling*, estás a salvo. He orado todos los días a Dios para que te mantuviera a salvo a la sombra de su mano".

"Y Dios ha respondido a tus oraciones", dijo Anita.

Epílogo

La historia de la mano de Dios sobre la vida de Anita Dittman podría llenar volúmenes enteros. Este libro cuenta parte de la historia. Otras partes se narran en su autobiografía: *Trapped in Hitler's Hell* [Atrapada en el infierno de Hitler] de Anita Dittman, tal como se las contó a Jan Markell. Otras porciones también las cuenta Anita en sus charlas. Muchas personas queridas llegaron a su vida en esos años oscuros y muchos se perdieron en el Holocausto. Pero Dios siempre cubrió a Anita con la sombra de su mano.

La hermana de Anita, Hella, siguió viviendo en Inglaterra donde trabajó como enfermera, pero al final de la guerra, ese país no pudo proteger a Anita y Mutti. Madre e hija emigraron a América tras vivir casi un año en un campo de desplazados. Al final se instalaron en Minnesota. Anita todavía vive allí. Tras una vida profesional en la que también se incluye la enseñanza, ahora pasa el tiempo contándoles a las personas de sus experiencias. Muchos han conocido al Señor oyendo hablar de su presencia en la vida de Anita.

En total, más de seis millones de judíos murieron durante el dominio de Hitler. Muchos cristianos murieron también por ayudar a los judíos. Vati sobrevivió a la guerra y permaneció en Alemania hasta su muerte. Anita le escribió, pero nunca regresó a Alemania. Las tres tías de Anita desaparecieron. Steffi consiguió la libertad al igual que su madre Frau Wolf. Rudi, Wolfgang y Gerhard desdichadamente fueron capturados y muertos tras su intento de huida. Anita supo que Hella Frommelt sobrevivió. Y el pastor Hornig también sobrevivió a la guerra. Él y los héroes de la iglesia de Santa Bárbara desinteresadamente cuidaron de más judíos de los que nunca se podría contar.

Cuando Anita habla a grupos de jóvenes, siempre le preguntan si alguna vez se volvió a poner sus zapatillas de *ballet* y si ha bailado tras la guerra. Su dañada pierna se curó, pero ella nunca pudo volver a hacer *ballet*. Con su delicado acento alemán, ella siempre dice: "Dios tiene una manera especial y única de reunir los fragmentos rotos de nuestras esperanzas y sueños para que se amolden a su plan; un plan muy diferente al nuestro, pero mucho más maravilloso".